어느 날, 신이 내게 왔다

어느 날, 신이 내게 왔다

God of Diary

백승남 | 지음

어느 날,
신이
내게 왔다

열다섯 삶의 터널을 막 지나고 있는 아들과
삶의 거친 파도 한복판을 건너 새로운 비상을 시작하는 소년에게
그 애들과 같은 시간을 살아가는 이 땅의 모든 청소년들에게

앞이야기 8

1부

문신을 만나다 14

그건 '애들'이나 펀게 아니야 34

마녀 사냥과 검은 수첩 효과 42

출구 없는 길 54

신의 아이 64

검은 수첩의 기운이 문신의 기를 누르면 78

검은 명부 90

2부

마음에 빗장을 지르고 102

잉여현실 114

흑문도령과 흑수문장 130

히말라야 골짜기에 사는 할단새처럼 142

충동에 맞서기 150

떠나보내기 160

contents

3부

자유의지로 살기 172

벌어지는 틈새 180

마음이 원하는 길 188

사랑이란 202

저 숲도 한때는 212

네가 보던 거니 224

생성의 기, 파괴의 기 232

글쓴이에게서 온 편지 244

앞 이야기

　구름이 잔뜩 낀 우울한 날이다. 차가운 바람이 아침부터 몰아치고 있다.
　나는 길고 어두운 동굴에 갇히는 기분으로 교문을 들어선다. 꿈이 이어지고 있는 것 같다. 밤새 꿈속에서 미로를 헤매 다닌 아침엔 머리가 멍하다. 내가 들어갔던 문으로 되돌아 나오기나 했는지도 기억에 없다.
　"쟤가 우리 학교 일짱이야!"
　몽롱한 기분에서 깨어나며 뒤를 돌아보았다. 이름은 생각나지 않지만 우리 반 아이다. 녀석은 친구인 듯한 애한테 나를 가리키던 중이었다. 내 눈과 마주치자 잽싸게 시선을 돌리며 딴전을 피웠다. 나도 모르는 척 고개를 돌렸다.
　'짱이라고? 흥! 나는 일개 짱 따위가 아냐!'
　나는 세상의 악을 다스리기 위해 선택된 인간이다. 신들은 인간 세상을 더럽히는 놈들을 혼내 주라고 내게 사명을 주었다. 세상엔 내가 손봐 줘야 할 인간들이 얼마든지 있다. 그래서 나는 언제나 탐지기를 끌 수가 없다.
　이번 일은 날 꽤나 유명하게 만든 모양인지, 어제도 우리 반 녀석

한둘이 내게 말을 붙이기까지 했다. 학교에서는 질색하는데 아이들한테는 동경과 선망의 대상이 되기도 한다는 것, 어쨌든 기분 나쁘지는 않았다. 학교 담장을 따라 늘어선 플라타너스 나무들마저 경탄의 눈으로 나를 굽어보는 거 같다.

교실에 들어가 자리에 앉기도 전에 반 회장이 다가왔다.

"이따 점심시간에 상담실로 오라는데."

'또? 어제 그렇게 괴롭힌 것도 모자라서?'

무시해 버리고 싶었지만 나중에 더 귀찮아질 거 같아 느긋하게 밥을 먹고 점심시간이 끝날 무렵에야 상담실로 갔다. 1층 교무실 옆 상담실에는 기다란 탁자 하나와 걸상 네 개만 덩그마니 놓여 있다. 걸상 하나에 생활지도 부장이 앉아 있었다. 부장 선생은 뻣뻣하게 각목 들어간 어깨 위로 목을 꼿꼿이 세운 채 대뜸 물었다.

"생각해 봤냐?"

나는 엉거주춤 맞은편 걸상에 걸터앉았다.

"뭘요?"

"느이 서클에 대해서 말이야!"

"아니라는데 왜 자꾸 이러십니까?"

"아니긴, 인마! 끝까지 발뺌할 거야? 세 놈 다 이빨 부러지고 머리 깨져 병원에 입원했다고 했어, 안 했어!"

"그래서 어쩌라고요!"

"어쭈? 이젠 선생도 안 보인단 말이지. 눈 안 깔어?"

"놈들이 여학생을 괴롭히고 있었단 말입니다!"

"그래서, 새꺄! 네가 당한 것도 아닌데, 왜 나서서 그 지경을 만드냐고! 그것도 교복 잘 차려 입고 이름표까지 멋들어지게 달고 학교 앞에서 애들을 두들겨 패? 네놈 덕분에 우리 학교가 유명해졌단 말이다! 이제까지 쌓아 올린 사립 명문 남자 중학의 위신이 땅으로 떨어졌다고!"

침이 내 얼굴까지 튀었다. 생활지도 부장이 양복 윗도리 단추를 거칠게 끌렀다. 목이 굵고 키가 나 정도밖에 안 되는 부장 선생은 늘 양복을 입고 하얀 와이셔츠에 넥타이까지 매고 다닌다. 뒤에서 보면 어깨가 더 빳빳하고 키도 더 작아 보이는 게 양복 때문이라고 나는 생각한다. 저 사람은 그걸 알까?

"이젠 그만 좀 털어놓아 보시지."

나는 눈으로만 물었다.

'뭘요?'

"눈 내리깔고! 느이 불량 폭력 서클! 우리 학교 멤버는 누구누군지 대보란 말야."

"아니라니까요!"

"너, 생활기록부 보니까 초등학교 때부터 유명했던데 뭘 그래. 반 분위기 자꾸 흐리고 애들 괴롭히니까 담임선생님이 제발 전학 가 달라고 부탁했지? 그런 전력까지 있는 놈이 뭘 자꾸 숨겨? 서클원 이라는 게 알려진다고 뭐 달라져?"

'어른들이란, 왜 이렇게 치사해?'

벌떡 일어서려는 괴물을 진정시키느라 눈을 감았다. 괴물이 또 어느 순간 불을 뿜어댈지 모른다.

내 안에는 형체를 알 수 없는 덩어리 하나가 들어와 있다. 나도 모르는 새 침입한 그것은 처음엔 물방울처럼 조그마했는데 내 가슴 깊은 곳에 똬리를 틀고 점점 몸 피를 키워 갔다. 잉태된 새끼가 어미 뱃속에서 자라듯 새록새록 자라나더니 이젠 나도 제어할 수 없는 괴물이 돼 버렸다.

"그럼 혼자 노는 깡패냐? 폭력 서클이 아니면 뭐냐고?"

폭력 서클? 난 그 따위는 관심 밖이다. 서클 놈들도 내게 걸리면 뼈도 못 추릴걸. 나는 신에게 선택받은 인간이니까. 신은 날 선택했을 뿐 아니라 막강한 힘도 선물했다.

그 이야기를 하려면 초등학교 6학년 때로 돌아가야 한다. 영화 필름이 거꾸로 돌듯 내 기억은 2년 전으로 빠르게 거슬러 올라간다.

그 신기한 마법이 일어나던 날을 나는 아직 잊지 못한다.

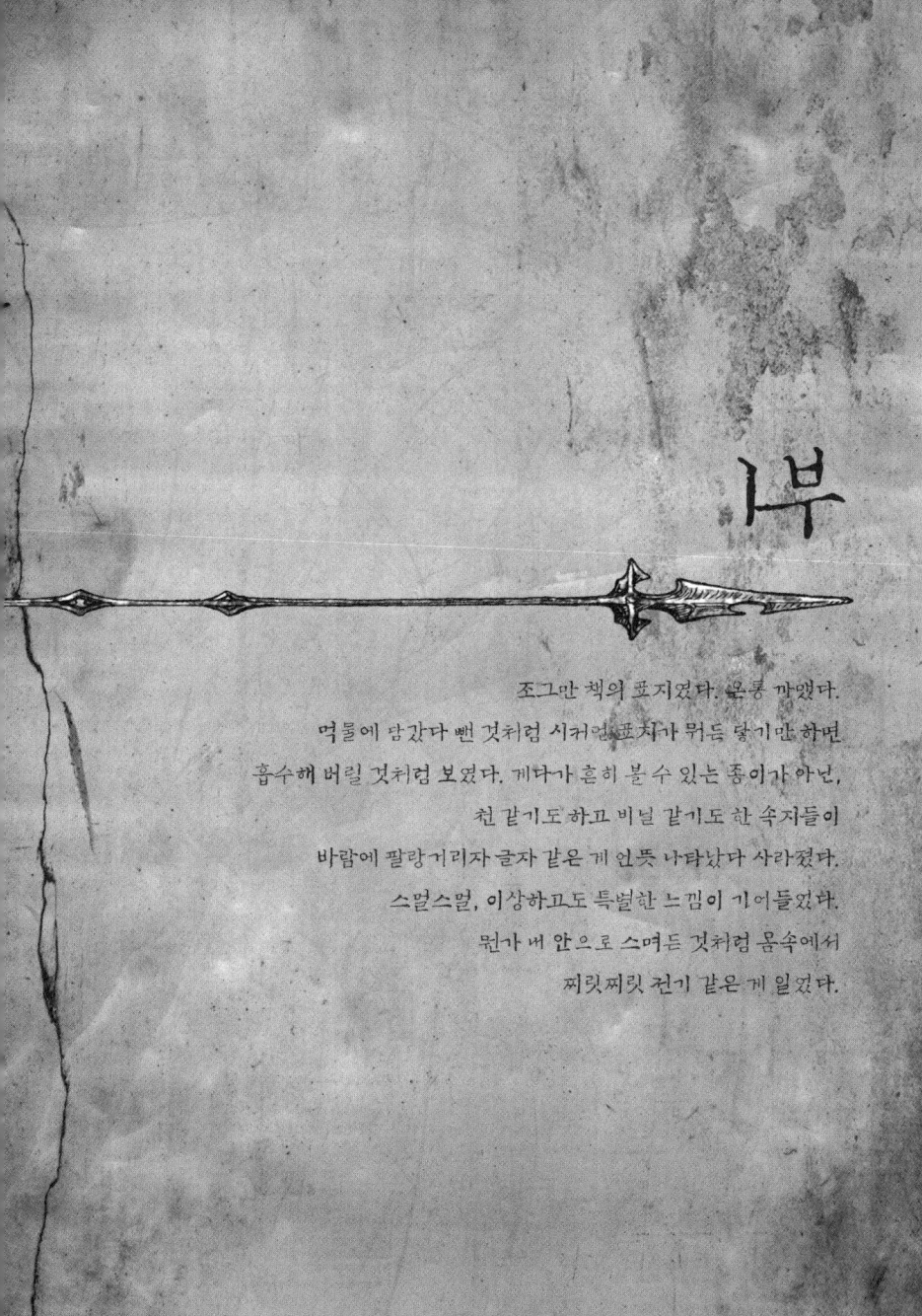

1부

조그만 책의 표지였다. 몽롱 깨였다. 먹물에 담갔다 뺀 것처럼 시커먼 표지가 뭐든 닿기만 하면 흡수해 버릴 것처럼 보였다. 게다가 흔히 볼 수 있는 종이가 아닌, 천 같기도 하고 비닐 같기도 한 속지들이 바람에 팔랑거리자 글자 같은 게 언뜻 나타났다 사라졌다. 스멀스멀, 이상하고도 특별한 느낌이 기어들었다. 뭔가 내 안으로 스며든 것처럼 몸속에서 찌릿찌릿 전기 같은 게 일었다.

문신을 만나다

<u>그날도</u> 바람이 몹시 불었다.

남쪽 바람은 봄을 안아 오고 부정한 것들을 몰아내 준다지만, 멀리서 재앙을 몰고 오기도 한다. 운동장에서 체육을 할 때부터 조짐이 안 좋았다. 체육짱인 내가 철봉에서 떨어졌다. 상체를 밑으로 숙이는 순간 바람이 휘릭 불었고 눈이며 코, 입속으로 모래가 몰려들었다.

교실로 들어갈 때는 더 기막힌 일을 당했다. 계단 위에서 굴러 오는 공을 엉겁결에 받아 뒤쫓던 애한테 돌려주다 무서운 눈으로 날 노려보는 6학년 1반 담임, 학년 부장 선생님과 마주쳤다.

"따라와!"

교실로 들어가는 나를 선생님이 다시 불러 세웠다.

"어딜 도망가! 복도에서 공차기한 놈들 다 따라오라니까!"

"저는 안 했는데요."

"안 하긴 뭘 안 해! 이젠 거짓말까지 해?"

다짜고짜 뺨을 맞았다. 너무 황당해 웃음이 나왔다.

"이게! 선생님한테 혼나면서도 웃어?"

눈앞이 아뜩하더니 머릿속에서 뭔가 산산조각 났다. 부장 선생님이 공을 내 머리에 내려치는 바람에 복도 벽에 머리를 부딪쳤기 때문이었다. 겨우 눈앞이 선명해진 뒤 곁에 선 아이들을 돌아보았다. 정작 공차기한 옆 반 놈들은 고개만 숙이고 있을 뿐이었다.

내 안에서 무언가 확 깨어나는 기분이 들었다. 잠들어 있던 세포 하나가 눈을 뜨고 몸을 일으키는 듯한 느낌.

우리 반 아이들이 나를 힐끔거리며 교실로 들어갔다. 밥도 못 먹고 점심시간 내내 음식 냄새 진동하는 복도에 꿇어앉아 있었다.

화장실 벌 청소를 마치고 느지막이 학교를 나왔다. 발끝에 걸리는 돌멩이마다 툭툭 차며 걸었다. 학교 후문이 산길로 통하니까 선생님들은 되도록 가지 말라고 하지만, 나는 언제나 후문에서 뒷산 쪽으로 돌아 집에 갔다.

산으로 올라가는 들머리에는 장승 둘이 문지기처럼 서 있다. 왼쪽은 남자 오른쪽은 여자 모습인데, 남자 장승은 머리에 관을 쓰고 커다란 주먹코에 험상궂은 입이 금방이라도 버럭 소리 지를 것 같은 모습이다. 턱에는 긴 수염도 나 있다. 왕방울처럼 부릅뜬 눈이 변함없이 날 노려보았다.

"마을 수호신이라면서 잡귀나 쫓을 것이지 왜 사람을 노려보는 거야. 얼굴을 확 긁어 줄까 보다."

장승 밑에 떨어져 있는 못 하나가 눈에 띄었다. 그걸 주워 장승 몸통에 갖다 댔더니 금세 날카로운 자국이 났다.

"어이, 꼬마! 이리 와 봐!"

겁이 더럭 났지만 못 들은 척 몸을 돌렸다. 못을 슬그머니 떨어뜨리곤 황급히 발을 떼 놓았다. 아카시아 언덕 아래쪽 공터에 불량스러운 중·고등학생들이 곧잘 모인다는 소문을 들은 적 있었다. 주머니에 집어넣은 손에서 비질비질 땀이 났다. 발소리가 금세 뒤따라오더니 내 어깨를 홱 잡아챘다.

"땅꼬마 같은 게, 말이 말 같지 않나 보지? 와 보라고 했잖아!"

덩치 큰 형 둘이 나를 꼬나보고 있었다. 가슴이 조여들었다.

"야. 너 저기서 못된 짓 했지? 우리가 다 봤거든."

"……."

"돈 가진 거 있으면 기부 좀 해라. 그럼 그냥 보내 주지."

"존 말로 할 때 들어라. 우리는 두 번 봐주지 않는다."

형들은 입술을 비틀며 말하는 동안에도 연신 다리를 건들거렸다. 나는 무서워 죽을 지경이었지만 손을 더 꼭 움켜쥐었다. 주머니 속에는 오랜만에 집에 온 아버지가 준 용돈이 들어 있었다.
　뒤에서 발소리가 났다. 우리 반 성찬이와 어떤 애 하나가 저만치 걸어오다 멈칫 서는 게 보였다.
　'도와줘. 제발 도와줘.'
　그러나 형들이 "니들 뭐야!" 하고 째려보자마자 두 아이는 잽싸게 사라졌다.
　나는 형들에게 양팔을 붙잡힌 채 두 장승 사이를 지나 언덕 아래 공터까지 질질 끌려갔다. 주먹으로 한두 대 얻어맞고 발길에 채일 때까지는 버틸 만했다. 그런데 가슴을 정통으로 맞고 나니 숨이 막히고 힘이 쪽 빠졌다. 형들은 내 손을 주머니에서 억지로 끄집어내 손가락을 하나씩 펴더니 돈을 빼앗아 갔다.
　"그러게 진작 말 들었으면 좋잖아. 쬐그만 놈이 아주 꼴통이야." 하고는 날 또 한 번 걷어차고 가 버렸다.
　산을 내려오는데 눈물이 났다. 돈을 갖고 온 게 후회도 되고 화가 나 견딜 수 없었다. 그 형들도 미웠고 성찬이도 미웠다. 장승도 미웠다.
　"만날 노려보기만 하더니 이럴 땐 모르는 체하고……."
　우뚝 선 장승 뒤통수를 보니 점점 더 화가 났다. 굴러다니는 돌멩이를 하나 집어 장승 쪽으로 힘껏 던졌다. 돌멩이는 커다란 포물선을 그리더니 엉뚱한 쪽 숲길로 툭 떨어졌다. 동시에 땅이 흔들리는 듯한 소리가 나면서 민들렌지 할미꽃 씨앗인지 모를 하얀 홀씨들이 바람처럼 화르륵 날아올랐다.

"지진?"

그러나 주변은 거짓말처럼 고요했다. 홀씨들이 흩어져 간 자리에서 환한 빛이 반사되고 있을 뿐.

"저게 뭐지?"

가까이 가 보니 조그만 책의 표지였다. 온통 까맸다. 먹물에 담갔다 뺀 것처럼 시커먼 표지가 뭐든 닿기만 하면 흡수해 버릴 듯 보였다. 게다가 흔히 볼 수 있는 종이가 아닌, 천 같기도 하고 비닐 같기도 한 속지들이 바람에 팔랑거리자 글자 같은 게 언뜻 나타났다 사라졌다.

스멀스멀, 이상하고도 특별한 느낌이 기어들었다. 뭔가 내 안으로 스며든 것처럼 몸속에서 찌릿찌릿 전기 같은 게 일었다.

문득 뒷덜미가 근질거렸다. 누가 날 지켜보고 있었다. 고개를 돌려 살폈지만 주변은 적막하기만 했다. 풀숲 사이 앙증맞은 들꽃 몇 송이만 해사한 얼굴을 갸웃거리고 있을 뿐.

"이상하다."

손에 든 물건을 다시 내려다봤다. 공책 크기 반만 한 게 수첩 같기도 했다. 그때 속지의 글자들이 일시에 되살아났다 또 없어졌다. 착각으로 여길 만치 순식간이었다. 글자들이 제멋대로 움직여 숨어 버린 작은 책이 알 수 없는 마력으로 나를 끌어당겼다. 나는 그 물건을 가방에 쑤셔 넣었다.

그때부터였다. 누군가 나를 쫓아오기 시작했다. 돌아보면 아무도 없는데 그 느낌은 집까지 끈질기게 따라왔다.

벨을 누르고 눌러도 문이 열리지 않았다. 게임 속에서 답답한 벽 사이에 갇혔을 때처럼 짜증이 확 치밀었다. 가방 안에서 열쇠를 꺼냈다.

"뭐 가져갈 게 있다고 만날 꽉꽉 잠그냐고!"

어김없이 식탁 위에 술병이 어질러져 있었다. 무시하고 내 방으로 들어가 그 물건을 꺼냈다. 거칠거칠하면서도 반들반들 빛나는 표지가 기묘한 매력을 품고 나를 올려다보았다.

"이게 대체 뭘까? 여느 수첩이나 공책하고도 닮지 않았고."

"궁금해?"

"으악!"

숨이 멎는 줄 알았다.

나는 여간해서는 놀라지 않는다. 엄마가 자살을 시도했을 때도 이렇게 놀라지 않았다. 게다가 지금 눈앞에는 아무것도 없다. 머리끝이 쭈뼛 섰다.

"누, 누구야!"

"놀라게 했다면 미안."

허공 어디선가 시작되어 머릿속으로 울려오는 소리 때문에 아까 벽에 부딪쳤을 때처럼 귓속이 웅웅거렸다. 나는 가슴을 쓸어내렸다.

"문도 닫혀 있었는데."

"인간들이 만든 문은 별거 아니야."

가슴이 다시 부르르 떨렸다.

"너 뭐야? 귀신이야?"

"귀신은 아니고 그냥 신. 문신."

목소리는 맑고 부드러웠다. 내 또래 아이 목소리 같기도 했다.

신? 문신?

놀람도 잠시, 킥 웃음이 나왔다.

"뭔…… 신? 문신?"

온몸이 용 문신으로 덮인 건장한 사람 하나가 근육을 뽐내는 모습이 머릿속에 그려졌다.

"문신을 얼마나 새겼으면 이름도 문신이냐? 모습을 보여 봐. 한번 보게."

"네 눈에는 보이지 않아. 그리고 몸에 새기는 문신이 아니라 문지기 신이야. 명계의 문지기."

"멍게? 문지기? 풋, 웃기고 있네."

"믿거나 말거나지만 난 널 찾아왔고, 지금 여기 있어."

"그래서 어쩌라고? 얼른 용건이나 말하고 꺼져!"

난데없이 들이닥쳐 사람 놀래는 문지기 놈 따위가 뭐냐? 보이지 않는 놈 상대하는 게 얼마나 피 말리는 일인데. 숨은 적을 찾아내 처치해야만 다른 곳으로 이동하는 게임도 그렇다. 벽이며 바닥의 작은 흔적이라도 놓치는 일 없이 샅샅이 살피지 않으면 적은 절대 모습을 드러내지 않는다. 지금 내 방에 나타난 뭔 신인지 문지긴지 하는 놈처럼. 게다가 괴상한 소리만 늘어놓고.

"안 그래도 갈 거야. 부탁만 들어주면. ……저어, 그것 돌려주라."

"이거?"

"간신히 찾았는데 네가 먼저 주워 버렸어."

그 수첩 같은 걸 다시 보았다. 세상을 다 빨아들일 듯 시커먼 표지가 엄청난 비밀이라도 감추고 있는 것처럼 보였다.

"이게 뭔데?"

"그건 말하면 안 돼. 그게 명계로 들어가는 문과 관계 있다는 걸 알면…… 앗!"

나는 피식 웃고 말았다.

"이봐. 너……, 이름이 뭐냐?"

"이름? 비밀인데."

"너랑 놀 기분 아냐!"

"나도 그래. 함부로 알려 줄 순 없어."

어떤 생각이 불쑥 들었다. 검은색 수첩에다 문지기라면…….

"혹시 검. 문…… 아니, 흑. 문……?"

"어? 어떻게?"

나도 놀랐다. 어떻게 그런 생각이 들었지? 누군가 슬쩍 귀띔해 준 것만 같았다.

"우와, 똑똑하네. 대왕님들이 흑문도령이라고 부르긴 하는데…… 나, 이름 정말 안 좋아해. 뭔가 꾸미고 있을 때 '흑문도령아!' 부르면 꼼짝할 수가 없거든. 이름이 밧줄이 돼서 나를 꽁꽁 묶어 버려."

"대왕님?"

"시왕님이라고도 하는데, 열 분이나 있어."

'도령에 대왕님이라…… 과거에서 순간이동이라도 해 왔나?'

"자꾸 묻지만 말고, 그것 좀 돌려주라. 응?"

슬슬 구미가 당겼다. 무언가 흥미로운 일이 일어나고 있었다.

"이게 뭐에 쓰는 건지 말하면 돌려주지."

"에? 그, 그건 말고 다, 다른 거. 뭐든 원하는 걸 들어줄게."

"그래? 그러면……."

그때 누군가 내 안에서 물러서지 말라고 소리쳤다. 나도 모르게 말을 뱉었다. 내 귀로 들려오는 단호한 말투가 나 자신도 낯설었다.

"아니. 난 그걸 알고 싶어."

"안 되는데……."

"그럼 할 수 없지."

내가 입을 다물어 버리자 놈이 어쩔 줄 몰라 했다.

"어쩌지? 대왕님들 화나면 엄청 무서운데……."

목소리를 쫓다 놈이 있는 곳을 알아냈다. 책상 옆 벽에 붙은 거울이 짙은 그림자로 덮여 있었다. 푸른빛마저 감도는 검은 그림자. 하지만 거울 안에 또렷이 잡히는 모습은 없었다.

"어쩌지?"

안절부절못하는 놈이 가엾어졌다.

'그냥 돌려줄까? 어차피 내 것도 아닌데'

안 돼! 이건 보통 물건이 아니야. 너한테 굴러든 행운일지 모르는데 발로 차 버릴 거야?

내 안에서 속삭이는 소리가 들렸고, 목소리는 가슴에 물결을 일으키

며 퍼져 갔다. 나도 모르는 새 뭔가 내 몸속으로 들어온 게 분명했다.

저 어리바리한 놈은 사정거리 안에 들어왔어. 조금만 더 기다리면 돼.

"쳇! 하는 수 없지. 갖고 가지 못하면 돌아가나 마나니까."

나는 침을 삼켰다.

"그건, 열쇠 같은 거야. 거기 이름을 올리면 신들의 세상에 갈 수 있어."

믿기지 않았다. 나는 단박에 연필로 속지에 내 이름을 써 보았다. 씌어지지 않았다. 볼펜으로 써 봐도 자국조차 나지 않았다. 연필이나 볼펜을 튕겨 내는 것만 같았다.

"거울 문자로 써야 돼. 하지만 인간 세상의 사람은 이름을 올릴 수 없어."

바늘이 닿자마자 바람 새 버리는 풍선처럼, 부풀었던 가슴이 확 쪼그라들었다. 실망을 감추지 못하고 손가락으로 수첩 표지를 긁적긁적했다. 그런데 손가락이 닿은 자리에 흔적이 깊게 남지 않는가.

"어?"

킬킬. 역시 찾아내는군. 어서 써 봐. 네 이름을.

녀석의 놀란 목소리는 내 안의 '그것'이 채근하는 소리에 묻혀 버렸다. 난 망설이지 않고 새까만 표지에 왼손 검지로 내 이름을 썼다. 거울에 비칠 글자 모습을 생각하며 거꾸로 한 자 한 자 또박또박 썼다. 감탄하는 소리가 들렸다.

"와! 거울 문자를 한 번에…… 대단하다."

이까짓 것은 아무것도 아니다. 거울 문자는 왼손으로 쓰면 훨씬 쉬웠다.
 초등학교 3학년 때 공책 필기를 왼손으로 할 때마다 할머니 담임 선생님한테 혼이 났다.
 "밥 먹을 때하고 글씨 쓸 때는 오른손으로 하는 거랬지!"
 거듭 주의를 받아도 왼손으로 쓰는 게 왜 잘못인지 몰랐다. 자꾸 야단맞는 게 싫어 학교에서는 되도록 왼손을 쓰지 않았다. 영 거북하고 불편했지만 특히 글씨 쓸 때는 이를 악물고 오른손으로 썼다. 그때부터 내 글씨는 괴발개발 악필이 되어 갔다. 일기장에는 선생님 욕을 왼손으로, 나만 알아볼 수 있는 거울 문자로 썼다. 물론 일기장 검사 때는 한 번도 내지 않았다.
 "너 정말 똑똑한 애구나! 단추처럼 반짝반짝!"
 "풋, 왜 하필이면 단추야?"
 말이 끝나기도 전에 내 이름이 사라졌다. 수첩 표지가 이름을 먹어 치운 것처럼, 잉크가 종이에 스며들듯 감쪽같았다.
 기묘한 느낌이 들었다. 한 번도 겪어 보지 못한 야릇한 기분. 내 안에 침입한 그것이 내 몸속 어떤 세포와 달라붙는 것 같더니 단단하게 뭉치기 시작했다.
 "뭐야? 어떻게 된 거야?"
 "글쎄, 나도 잘 모르겠네."
 나는 알지. 네가 이 물건의 주인이 된 거야. 명령해 봐. 저놈은 이제 네게 복종할 수밖에 없을걸.
 덩어리로 뭉쳐진 그것이 킬킬킬킬 웃었다. 마음이 섬뜩해졌다. 순간 문지기란 놈이 조용해졌다는 걸 알았다.
"이봐."
"……."
"문지기 아니, 문신!"
"……."
녀석은 사라지고 없었다.

'검은 수첩'을 주운 다음날, 웬일인지 신경이 고무줄처럼 팽팽했다. 새로 출시된 게임 정복을 앞뒀을 때와 비슷한 긴장감. 학교에서도 공연히 교실 안을 서성거리다 성찬이와 부딪쳤다. 어제 일이 떠오르면서 분노가 확 치밀었다.
'나쁜 놈! 내가 당하는 걸 보고도 도망쳤다 이거지. 그러고도 미안하단 말 한마디 없어. 뻔뻔스럽긴!'
속으로 욕을 퍼부었다. 진수성찬이 떠오르는 이름 덕인지 전 과목에서 일, 이등을 놓치는 적 없지만, 공책 필기 한 번 빌려 주는 일 없고 뭘 물어보면 "그것도 몰라?" 하며 무시부터 하는 놈이다. 어제는 벌선 뒤 교실에 들어갈 때 발 좀 밟았다고 흰자위가 드러나도록 날 노려보았다. 그 생각이 나자 내 가슴에서 불화살이 성찬이에게 날아가는 듯한 기분에 사로잡혔다.
그런데 점심시간에 그 일이 일어났다.
급식판에 음식을 담아 돌아서다 맨 앞자리에서 일어서던 성찬이와 부딪쳤다. 밥과 반찬들이 다 쏟아지고 성찬이의 새하얀 남방에 김치

국물이 흠씬 튀었다.
 "미안하……."
 말을 맺기도 전에 성찬이 주먹이 내 아래턱에 와 박혔다. 턱과 이빨이 부딪히는 딱! 소리가 머리를 울렸다. 나도 모르게 급식판을 집어 던졌고, 스테인리스의 날카로운 모서리가 공교롭게 성찬이 뺨에 가 찍혔다. 시뻘건 줄이 뺨에 그어지는가 싶더니 피가 흐르기 시작했다.
 '내 팔 힘이 이렇게 셌나?'
 놀라웠다. 성찬이는 손으로 뺨을 쓸어 보더니 그 자리에 털퍼덕 주저앉아 울음을 터뜨렸다. 손 씻으러 갔던 담임이 돌아와서는 대뜸 날 몰아세웠다.
 "이게 뭐야? 너 깡패니? 왜 이런 짓을 해?"
 "그게 아니라……."

"아니긴 뭐가 아냐! 빨리 치우지 못해? 성찬이는 유리가 양호실로 데려가라!"

변명 한 마디 못하고 치워야 했다. 시뻘건 깍두기 국물, 덕지덕지 달라붙은 밥풀, 흥건하게 고인 된장국을 비닐에 담고 걸레질을 하며 이를 악물었다. 성찬이를 데리러 온 성찬이 엄마한테 비난과 욕설도 들어야 했다. 반 애들 모두가 보는 앞에서.

내 잘못이 아니라는 걸 보이려고 얼굴을 똑바로 들고 성찬이를 노려보았다. 얼굴에 보기 싫은 흉터라도 남으면 어쩔 거냐고 퍼붓던 성찬이 엄마가 질색을 했다.

"애 눈 좀 봐, 세상에. 이렇게 독기를 품고 있으니 애를 저 지경으로 만들지. 기가 막혀서."

부모는 뭐하는 사람이냐는 둥, 가정교육이 의심스럽다는 둥 별별 소리 다하는데도 담임은 모른 척했다. 내가 일부러 그런 게 아니라고 말해 주는 사람은 역시 아무도 없었다. 다리에 힘을 꼿꼿이 주고 선 채 생각했다.

'강한 사람이 되고 싶다! 아무도 날 건드리지 못할 만큼 강해지고 싶다!'

"속상했지?"

혼자 벌 청소를 끝내고 청소함을 정리하는데 뒷문 옆 거울 쪽에서 소리가 났다. 그놈이다. 문지긴지 뭔 신인지 어제 난데없이 왔다 가 버린 놈.

"불쑥불쑥 나타나기는. 썩 꺼져!"

"미, 미안해. 그러려던 게 아닌데……."

"뭘?"

"네가 돌아설 때 걔가 일어나면 음식 벼락 맞는 게 순선데, 왜 그렇게 됐는지 모르겠어."

"뭐어? 그럼 네가 한 짓이란 말야?"

"그 애를 혼내 주고 싶다며?"

"내가?"

"나한테 오는 네 기가 어찌나 세던지 머리 아파 혼났단 말야."

'기? 내 기를 전달 받아? 신이라더니…….'

겉옷 주머니 속의 수첩이 떠올랐다. '내가 이 물건의 주인이 되었다'고, 내 안에 자리 잡은 덩어리가 하던 말도. 주머니를 툭툭 두드려 보니 "나 여기 있어." 하듯 둔탁한 울림이 왔다. 덩어리가 불쑥 말을 시켰다.

"그거 재밌네. 네가 걔를 혼내 주려고 그런 거란 말이지? 근데 그게 이거냐? 하려면 제대로 해야지!"

"미, 미안해."

"미안해? 그렇다면 바로잡을 기회를 주지."

"또 하라고?"

"네가 시작한 일은 네가 끝내야지. 너는 신이라며?"

내 입으로 나오는 말들이 나와는 상관없는 소리처럼 낯설게만 들렸다.

"……알았어. 잠깐 갔다 올게."

놈이 사라졌다.
나는 차마 내 입으로 말하기 어려운 것들을 콕콕 짚어 잘도 드러내는 내 안 덩어리의 정체가 궁금했다. 아직은 그게 뭔지 알 수 없었다.
내가 창문을 다 잠그기도 전에 놈이 돌아왔다.
"성찬이 지금 놀이터에 있어. 다쳤다고 엄마가 특별히 학원 빼 줬어. 가서 만나 봐."
"이번엔 실수 않는 거지?"
"주의할게. 정말로, 정말로."
놀이터는 산 아래 오솔길이 끝나고 마을이 시작되는 경계에 있었다. 이번에 새로 만든 나무 미끄럼틀과 예전의 쇠 정글짐이 바짝 붙어 있어 미끄럼 타고 내려오자마자 정글짐 기둥에 부딪히기 십상인 곳이다. 그나마 지금은 아이들이 학원 순례에 바쁜 시간인지 미끄럼틀에도 정글짐에도 아무도 없었다. 대여섯 살로 보이는 꼬마 셋이 시소 옆에서 모래 놀이에 빠져 있을 뿐이었다.
한구석 느티나무 아래 평상에 앉은 성찬이를 보니 마음속에서 분노의 불이 다시 타기 시작했다. 꺼져 가던 모닥불에 기름이라도 끼얹은 것처럼 불꽃이 화르르 올라왔다.
"너, 너……."
발을 까불까불하던 성찬이가 나를 보더니 엉거주춤 일어났다.
"우리, 아까 일에 대해 이야기 좀 해 볼까? 어제 일도 좋고."
"나, 난, 할 얘기 없어."
"할 얘기가 왜 없어, 새꺄!"

꿈을 꾸는 것 같았다. 느닷없이 내 주먹이 나가더니 성찬이가 배를 감싸며 주저앉았다. 나는 몹시 놀랐다. 내가 정말 이렇게 세단 말야?

"너, 그따위 비열한 짓 또 하면……."

이번에는 발이 날아갔다. 마치 줄에 매달린 막대 인형이라도 된 것 같았다. 누군가 내 몸을 조종하는 것처럼 내 팔과 발이 제멋대로 움직였다. 성찬이는 걷어차인 옆구리를 팔로 껴안은 채 나가떨어졌다.

"내 손에 죽을 줄 알아!"

줄을 잡고 있는 놈은 내 입까지 조종하는 모양이었다. 생각지도 못한 말들이 입에서 쏟아져 나왔다.

성찬이가 끙끙거리는 걸 내버려 둔 채 돌아섰다. 우중충 흐려 있던 하늘이 어느새 맑게 개었다. 꿈속 같던 기분도 안개가 걷히듯 말끔해졌다.

처음으로 사람을 때렸는데 그 기분은 놀라웠다. 전기가 모이고 거기서 전력이 굽이치듯 다리 끝에서 머리끝까지 찌릿하게 솟구쳐 올라오는 느낌. 마치 다른 낯선 세계에 잠깐 갔다 돌아온 것 같았다.

"이건 아니었는데……."

어쩔 줄 몰라 하는 문신의 목소리는 내 안에 있는 덩어리의 소곤거림에 묻혀 버렸다.

흐흐흐, 어때? 나쁜 녀석 혼내 주는 게 이런 거야. 괜찮지?

그건 '애들'이나
팬게 아니야

"왜 대답이 없어!"

탁자가 쾅 울렸다. 머릿속에 전구라도 켜지듯 정신이 번쩍 났다.

생활지도 부장의 갈색 눈동자가 코앞에서 번뜩였다. 양복 윗도리는 언제 벗었는지, 왁살스레 걷어붙인 와이셔츠 소매 아래로 팔뚝의 힘줄이 불끈불끈했다.

"폭력 서클이 아니면 뭐냐니까?"

"……"

"경찰서에 끌고 가야 정신 차리겠어? 너 같은 놈들은 사회의 악이야, 악!"

내 안의 괴물이 행동을 개시하려고 했다. 괴물이 들어앉은 구덩이는 언제부턴가 깊은 동굴로 변했다. 괴물의 동굴은 바닥 없는 우물처럼 출렁이기도 하고, 화르륵 끓어올라 화산 폭발 때의 분화구처럼 터져 버리기도 한다. 그때마다 괴물은 불덩이가 되어 몸을 솟구친다. 모두 내 의지와는 상관없이 일어나는 일이다.

"뭘 꼬나봐, 새꺄! 너 같은 놈들 때문에 우리나라가 발전을 못하는 거라고! 하라는 공부는 안 하고 애들이나 두들겨 패는 놈이 학생이라니. 미국이나 일본 따라가려면 너희 같은 놈들 먼저 확 쓸어버려야 하는 건데."

괴물의 동굴 안에 불이 붙었다. 타닥타닥 타오르기 시작했다. 머리로 피가 몰렸다. 나는 완강히 고개를 흔들었다.

그건 단순히 '애들'이나 두들겨 팬 게 아니다. 나는 명백히 '사회의 악'인 놈들을 응징했다.

그저께 방과 후였다.

학교 앞 골목을 지나는데 안쪽에서 무슨 소리가 났다. 발이 먼저 그쪽으로 돌아갔다.

저런, 세 놈 다 사복 차림이라 어느 학교인지는 모르겠다. 놈들이 놀려 대고 있는 사람은······.

여학생이었다. 옆 학교인 정일중 교복 차림의 여학생─그 학교는 공립에 남녀공학이다—이 빨개진 얼굴로 어쩔 줄 몰라 하고 있었다.
"완전 비호감이라니까. 와우! 저 살 좀 봐."
"비켜나세요~ 여기 선풍기 아가씨 납십니다요~."
여학생이 주춤주춤 담벼락 쪽으로 물러서자 놈들은 더 짓궂게 다가섰다. 기다란 나뭇가지를 들이대는 놈까지 있었다. 교복 가슴께로 더듬더듬 다가드는 나뭇가지를 불안하게 쳐낸 여학생 눈에서 눈물이 툭 떨어졌다.
"꼴에 여자라고 수줍어할 줄도 아네."
"대략 난감하시겠습니다."
'왜 대들지 않는 거야?'
나뭇가지가 이번엔 치마 아래쪽으로 다가갔다. 낄낄대는 놈들 웃음소리가 송곳처럼 내 귓속을 파고들었다. 얼굴이 후끈 달아올랐다.
"쓰레기 같은 놈들!"
괴물한테서 치받친 불길이 금세 나를 사로잡았다. 나는 책가방을 내던지며 공주를 보호하려는 호위 무사처럼 달려들었다.
"그만두지 못해!"
여학생을 막아선다는 게 한 놈을 깔아뭉개며 엎어졌다. 몸을 일으키기 전에 발이 먼저 날아왔다.
"뭐야, 너!"
"어디서 겁도 없이!"
"건방진 자식!"
내가 데굴데굴 구르자 내 밑에 있던 놈이 빠져나와 합세했다. 주먹이, 발이 쉴 새 없이 날아왔다. 목이 콱 막혔다.

'힘없는 여학생한테 뭐 하는 짓이야?'

말은 목구멍 밑에서만 맴돌다 사라졌다.

'너희 같은 놈들은 세상의 독이야!'

나는 붕어처럼 입만 뻐끔거렸다. 턱턱 막히는 숨을 간신히 몰아쉬었다. 기를 쓰고 주변을 살폈다. 놈들이 떨어뜨린 나뭇가지가 땅에 뒹굴고 있다. 그 옆에는 제법 단단해 보이는 돌멩이.

내가 뻗었다고 생각했는지 놈들이 내게서 돌아서고 있었다. 나는 순식간에 돌멩이를 집고 분수처럼 튀어올랐다.

결과는, 넘어져 끙끙대는 놈들. 그 옆에 서 있는 나.

여학생은 사라지고 없었지만 못된 놈들을 응징하고 여학생을 보호했다는 사실이 뿌듯했다. 덕분에 생활지도 부장한테 이렇게 당하고 있지만.

"쓰레기 같은 인간 말종들, 지들이 무슨 영웅인 줄 알아!"

술 취한 사람처럼 부장 선생 얼굴이 시뻘겋다. 평소엔 지극히 평범한 선생님 같은 사람이 생활 부장이다. 햇빛 한 번 못 받은 것처럼 창백한 얼굴에 가늘고 높은 목소리. 어떨 땐 많이 아픈 사람처럼 보이기도 했다. 그러나 얼굴색은 지금처럼 수시로 변했고, 그 얼굴 밑에 짧은 목, 직선으로 쭉 뻗은 어깨는 속에 감춰진 단단함을 드러냈다. 게다가 뱀처럼 가는 눈은 어디 눈에 띄는 녀석 없나, 교실이며 학교 안을 쉼 없이 훑고 다녔다.

나는 가슴을 거슬러 오르는 불덩이를 달래느라 힘주어 팔짱을 꼈다.

'내 인내심을 더 이상 시험하지 마요. 조금만 더 나가면 안전을 보장받을 수 없게 된다고!'

"군대 체험을 확 시켜 버리든지. 이런 새끼들 싸그리 쓸어 모아 죽어라 훈련시키면 단박에 '아이고 하느님, 제발 학교로만 보내 주세요. 이젠 얌전한 학생으로만 살겠습니다.' 할 텐데 말야."

불덩이는 내 명령을 배반하고 머리끝까지 솟아올랐다. 내 몸을 다 태워 버릴 듯 이글거렸다. 나는 굴복하고 말았다.

'다음 번 대상은 생활 부장, 당신인 거 같군. 날 원망하지 마요. 스스로 무덤을 판 거니까.'

종 치는 소리가 들렸다. 오후 수업 세 시간을 깡그리 상담실에 처박혀 있었던 거다.

상담실 문이 열리고 누군가 얼굴을 들이밀었다.

"선생님, 부장 회의 참석하시래요!"

마음이 급해졌는지 부장이 작전을 바꿨다. 금세 제 색깔을 회복한 부장 얼굴을 난 미동도 않고 노려보았다.

'저 병자처럼 하얀 얼굴 뒤에 숨은 가면을 알아보는 사람이 몇이나 될까?'

목소리마저 누그러뜨린 부장이 책 한 권을 내 앞으로 밀었다.

"이거, 우리 학교 이사장님이자 명예 교장 선생님의 자서전이니까 읽고 독후감 제출하도록 해! 반성문 대신이다."

'차라리 매를 맞는 게 낫겠다.'

입을 열었지만 부장은 틈을 주지 않았다.

"너, 담임 얘기 들어 보니까 책은 좀 읽는다며? 그래서 특별히 봐주는 거다. 무식한 새끼들은 패야 알아듣지만, 너처럼 머리에 든 게 약간 있는 놈은 책을 통해 진정한 마음의 교훈을 얻는 게 좋지 않겠냐? 자나깨나 너희를 바른 길로 이끄시려는 명예 교장 선생님의 큰 뜻을 잘 헤아려 보고 깊이 반성한 후에 써 오도록! 내일까지다!"

부장은 내 대답은 들을 것도 없다는 듯 나가 버렸다. 상담실 문을 닫기 전에, 언제든 부르면 즉시 튀어 오라는 말을 잊지 않았다. '너는 나한테 단단히 찍혔어.' 하는 눈초리로 나를 위 아래로 훑는 것도 잊지 않았다.

내가 책을 '좀 읽긴' 하지만 이따위 쓰레기 같은 책은 목록에 없다. 나는 평범한 사람의 그저 그런 일들을 늘어놓는 책이 싫다. 현실에서 지겹도록 겪는 일을 책에서까지 읽는다는 건 끔찍했다.

무협이며 판타지 소설을 알게 된 뒤로 환상의 세계를 맛봤다. 게임 세상과도 비슷한 마법의 세계. 그 안에서 앨프, 난쟁이, 드래곤, 정령들과 함께 노는 재미가 쏠쏠했다. 나도 얼마든지 영웅이 될 수 있는 세상, 무사도 되고 왕자도 되어 흥미진진한 모험에 혼을 빼앗겼다. 책을 덮고 빠져나올 땐 솔직히 허무하기도 했지만, 부장이 놓고 간 이런 책보다는 백 배 나았다. 이런 책에는 한 가지가 더 들어 있다.

공공연히 사람을 설득하려고 할 게 뻔하다. 결국엔 '착한 사람 되기'로 끝나겠지. 생각만으로도 진저리가 났다.

유리창 밖으로 사라지는 부장의 머리끝을 보고 있자니 가래가 울컥 올라왔다. 상담실을 뛰쳐나와 복도 끝 유리문을 밀고 나오자마자 침을 칵 뱉었다.

"흑문! 흑문!"

"……."

"에이씨. 문신!"

"……."

"흑문도령! 너 빨리 안 올래?"

처음엔 내 기를 통해 생각까지 전해 받는다더니 언제부턴가 기 전달에 장애가 생긴 게 분명했다. 부르고 불러야만 마지못해 오는 걸 보면.

"왔어. 여기."

힘없는 대답이 들렸다. 나는 아랑곳 않고 신경질적으로 말했다.

"생활지도 부장에게 본때를 보여주고 싶어!"

"그건……."

"알아들었지? 그 다음은 네가 알아서 해!"

"그래도 선생님인데……."

"6학년 때 마녀도 혼내줬잖아!"

"그때는 네가 너무 안돼 보여서……."

"지금은? 내가 당하는 거 못 봤어?"

"부장 선생님은 어른이잖아. 내공이 강하다고. 내 힘으론 어떻게 하기 어렵단 말이야."

"또 징징거린다. 그럼 그때처럼 다른 신 도움을 받으면 되잖아!"

한숨을 푹 내쉬는 것 같은 소리가 들렸다. 말은 저래도 결국엔 내게 굴복하고 만다. 늘 그랬으니까.

"알았어. 어떻게 해 볼게."

사라졌다. 흑문도령의 풀 죽은 목소리가 메아리처럼 남아 있었지만 귓전에서 지워 버렸다. 부장한테 어떤 일이 일어날까? 상상만으로도 머리끝이 찌릿찌릿했다.

그때 일이 다시 떠오른다. 마녀가 통쾌하게 당하던 그날. 최고의 마법과 마주쳤던 그 일은, 눈만 감으면 떠오르는 꿈처럼 여전히 생생하기만 하다.

마녀 사냥과
검은 수첩 효과

"가정환경 조사서 아직 안 낸 사람?"

마녀의 뾰족한 목소리가 교실 안에 울렸다. 슬그머니 손을 들었다.

"너는 그런 것도 하나 못 챙겨 오니? 벌써 몇 번째야? 일어나! 복도로 나가!"

마녀의 손짓을 따라 고분고분 복도로 나왔다. 불순물이 걸러지고 깨끗한 물만 고인 물 항아리처럼 교실 안이 잔잔해졌다. 내 등 뒤로 마녀가 거칠게 문을 닫았다.

마녀는 초등학교 6학년 때 담임이다. 도서실에서 옛이야기 책을 보던 아이 하나가 "우리 담탱이랑 똑같다!" 하고 소리친 날부터 마녀가 됐다. 보라색 화장품을 짙게 바른 두툼한 눈두덩 아래 흑갈색 눈동자로 노려보는 모습이 닮긴 닮았다. 몸은 마른 편인데 머리가 커서, 수학 시간에 배운 가분수가 떠오르기도 했다. 길쭉한 손톱 끝에는 시뻘건 매니큐어가 반짝거리고, 늘 굽 높은 신발을 신고 쓰러질 듯 허청허청 걷는 중년 아줌마였다.

"그놈의 가정환경 조사서, 정말 속 썩이네. 학년 올라갈 때마다 그 따위 걸 왜 써야 하는 거야?"

휑뎅그렁 길기만 한 복도에 홀로 서서 입을 댓발이나 내밀고 투덜거렸다. 대충 써 내려고 했는데, 전날 검은 수첩과 성찬이 사건 때문에 깜빡 잊어버렸다.

"왜 혼자 나와 있어?"

복도 유리창 하나에 그림자가 드리워졌다. 역시 그렇군. 흑문인지 문지긴지, 신이라고 주장하는 그놈이었다.

"벌서는 중이야."

"뭘 잘못했는데?"

"그런 거 없어!"

"하긴. 나도 대왕님들한테 혼나고 벌도 많이 섰어. 근데 넌 벌서는 데도 몸의 기가 줄지 않네. 이렇게 혼자 서 있으면 힘들지 않아?"

"난 조금 힘들다고 머리 박고 징징대는 건 질색이거든."

"뭐라고 떠드는 거니, 벌 받는 주제에!"

마녀가 교실 앞문을 열고 소리쳤다. 시치미 떼고 자세를 바로 했지만 "네가 깡패니, 깡패야?" 하며 윽박지르던 어제 일이 떠오르면서 분노가 치밀었다.

'혼이 나려면 저런 사람이 나야지. 선생님이 학생 말도 안 들어 주고, 만날 야단만 치고, 벌레 보듯 흘겨보고.'

가슴속에서 또 불이 확 일었다. 내 안의 덩어리가 금세 불길에 휩싸였다.

"알았어. 알았다고!"

"뭘?"

"내가 어떻게든 해볼 테니까 제발 그만해!"

난 알아차렸다. 내 안의 어떤 기운이 문신에게 명령을 내리는 거다! 이건 진짜야!

"후유, 머리 터지는 줄 알았네. 어떻게 하나? 바람신 할머니한테 한번 부탁해 볼까?"

"바람신도 있어?"

아차, 목소리가 커졌다. 잽싸게 손을 올려 입을 막았다. 곁눈질로 슬쩍 보니 유리창 안에서 마녀는 열변을 토하고 있었다. 침탄 세례를 받고 있을 맨 앞의 아이가 불쌍했다.

"산신, 물신 다 있는데 바람신이라고 없겠니?"

"하긴 번개장군, 벼락장군, 풍우도사도 있다면서?"

그뿐인가? 신들 세상인 '명계'를 사이좋게 나눠 다스린다는 대왕들은 열 명이나 된다고 했다. 그곳의 소중한 물건—내가 주운 수첩—

을 훔쳐냈다는, 뭐라더라? 검은 불의 신? 용암이 넘실거리는 땅속 깊이 숨어 지내다 한 번 심술이 나면 검게 솟아올라 뜨거운 불로 세상을 뒤덮어 버린다는 무시무시한 신도 있고…….

벌서기에서 풀려나 교실로 들어갔지만 내내 신경이 곤두섰다. 새 게임에 대한 호기심을 억누를 때처럼 손끝까지 파르르 떨렸다. 연필을 집다 떨구기도 하고, 가방을 떨어뜨려 내용물이 바닥에 쏟아지기도 했다.

수업이 다 끝난 뒤 청소를 지시하고 담임은 교실을 나갔다. 나는 탐정처럼 멀찍이서 뒤따라갔다. 계단을 몇 개 내려가 계단참에 이르렀을 때 열린 창문으로 바람이 휘리릭 몰아쳤다. 담임 치마가 회오리처럼 부풀어 오르려고 했다. 담임이 치마를 붙잡는 순간 손에 들고 있던 서류 뭉치가 팔라당 흩어졌다. 거센 바람을 타고 일부는 계단 아래로, 일부는 열린 창문으로 빠져 나갔다. 담임이 소리 지르며 계단을 마구 뛰어 내려갔다.

창문으로 내다보니 팔랑팔랑 날아가는 종이들이 보였다. 몇 장은 쓰레기장으로, 몇 장은 학교 담장을 넘어 큰길 쪽으로, 또 몇몇 장은 하늘 높이 올라가 버렸다. 그 속에 가정환경 조사서도 있었을 것이다. 담임이 운동장에 서서 어이없다는 얼굴로 하늘을 올려다보았다. 폭풍이라도 닥칠 듯 먹구름이 하늘 가득 몰려다니고 있었다.

"저 신이라는 게 도와주면 안 되는 일이 없구나!"

몸속에 차가운 안개 같은 게 번져 갔다. 살갗에 소름마저 돋았다. 도전하기 어려웠던 게임을 막 정복한 것 같은 기분. 빳빳하게 신경을 사로잡았던 긴장이 단숨에 풀리고 가슴이 벅차올랐다.
 '난 평범한 아이가 아냐! 내 뒤에는 신이 있다고! 신의 수첩이 내게 있어! 어쩌면 신들은 세상의 부당함과 악을 벌하라고 내게 기회를 내린 게 아닐까? 문신이란 놈은 수첩을 찾으러 왔다고 하지만, 더 높은 대왕님 신들이 나를 만나게 하려고 일부러 쫓아 보낸 건 아닐까? 그걸 저놈만 모르고 있는 건 아닐까?'
 당연하지. 왜 아니겠어.
 덩어리가 냉큼 대꾸하며 킬킬 웃었다. 덩어리는 어느새 내 안 깊숙이 구덩이를 파고 들어앉았다. 나도 참지 못하고 키득키득 웃었다.
 "진짜 대단하다. 고마워. 히힛. 가슴이 다 후련하다."
 입이 마르게 칭찬했지만 문신은 오히려 땅이 꺼져라 한숨을 쉬었다.
 "왜 그래? 정말 고맙다니까."
 "후유, 난 왜 이 모양이지? 치마만 날리려고 한 건데. 학생들한테 속옷 보이면 창피해 하라고. 그래서 바람신 할머니도 기운을 빌려준 건데."
 "뭐어? 그럼 이번에도 실수였단 말야?"
 그 광경을 그려 보니 아찔했다. 그래도 나는 가정환경 조사서가 날아가 버린 게 더 맘에 들었다.
 "후우, 어쨌거나 끝난 일이니……. 그보다 이젠 그만해야겠어."
 "무슨 말이야?"
 "그 물건 돌려주고 날 보내줘. 이런 일 자꾸 생기는 거 너한테 안 좋아. 나도 그렇고."
 "돌려 달라고? 이걸 갖고 돌아간다고?"

먹이를 유혹하는 뱀처럼 구덩이 속 덩어리가 혓바닥을 놀렸다.

당연히 안 되지. 수첩과 녀석의 힘을 똑똑히 보았는데? 넌 이제 다른 삶을 살 수도 있는데?

"그러지 마. 그러지 마."

"뭘?"

"네 몸의 기가 꼬이고 있어. 나쁜 생각 하는 거지?"

속으로 뜨끔했지만 덩어리는 멈추지 않았다. 간사한 목소리가 가슴속에 파문을 일으키며 번져 갔다.

게임 세상도 알지! 전과 알고 난 다음은 하늘과 땅 차이만큼 다른 거잖아. 게임을 알기! 전 세상으로 돌아가라면 가겠어?

'그건 아니지. 하지만 저놈이 갖고 가야 한다는데.'

제 임무니까 그렇지. 지금은 네 명령을 수행하는 게 임무야. 여기는 신들 세상이 아니고 인간 세상이잖아. 그 물건이 네 손에 있고, 지금은 네가 주인이라고.

'그래도…… 신들 물건이라는데 내가 갖고 있어도 괜찮을까?'

신과 인간이 뭐가 그렇게 다른데? 그 물건의 능력이 어디까지인지 알고 싶지 않아?

시소게임 하듯 주고받던 말싸움은 결국 덩어리가 이겼다.

"알겠어. 네가 이걸 갖고 가야 한다는 거. 하지만 나중에. 지금은 아냐."

"너무 늦으면 돌이키기 힘들어."

"알았다고! 그래도 벌써 가 버리는 건 말도 안 돼. 나는 그럭저럭

잘 살고 있었는데 수첩이랑 신이라는 네가 날 찾아왔어. 내 생활이 엄청나게 흔들렸다고. 그만큼 대가는 치르고 가야지. 그래야 공평한 거 아냐?"

난 덩어리가 시키는 대로 억지를 부려 가며 수첩을 돌려주지 않았고, 문신은 어쩔 수 없이 나와 짝이 되었다. 그리고 내 인생은 180도 달라졌다.

중학교에 입학했다.

날마다 교복을 입게 되었고, 수업 시간표가 늘어났고, 학교가 좀더 멀어졌다. 그동안 나는 문신을 곧잘 부려먹었다. 덩어리의 부추김대로 검은 수첩의 강력한 힘에 점점 빠져들었다.

학기 초 햇볕이 따사롭던 그날도 그랬다.

방과 후, 학교 문을 나서 오른쪽 골목길로 빠져 이리저리 좁은 골목들을 빙 돌았다. 내가 다녔던 초등학교를 지나 산 아래 오솔길로 들어섰다. 오른편으로 쭉 심어진 은행 나뭇가지가 살가운 봄 햇살을 쬐고 있었다. 가지 위에서 참새가 짹짹거리고, 손톱처럼 돋아난 새싹들이 투명하게 반짝거렸다.

"몸 풀기 좋은 날이다."

대답이라도 하듯 말소리가 들려왔다.

"어서 내놔 봐!"

"진짜 없어요."

"너, 뒤져서 나오면 죽는다!"

"정말…… 없어요."

"그럼 가서 만들어 오라고 했잖아! 우리가 우습게 보여?"

쿵쿵쿵, 내 심장 소리가 귓전을 때렸다. 내 안에 있는 덩어리가 몸을 꿈틀거리는가 싶더니 불이 일었다. 불길은 마른 장작에 지핀 것처럼 순식간에 타올랐다. 나는 주먹을 불끈 쥔 채 이를 으스러져라 물고 달려갔다.

내 판단이 옳았다. 야산 기슭 아카시아 언덕 아래 후미진 곳. 중학생 같아 보이는 놈 셋이 초등학생인 듯한 남자애를 괴롭히고 있었다. 순간적으로 판단했다. 놈들은 셋. 미적거리다가는 내가 당한다. 틈을 주지 말고 연속 공격을 펼쳐야 한다.

재빠르게 주위를 살펴 굵고 기다란 나뭇가지 하나를 집었다. 나뭇가지를 창 삼아, 굶주린 사자와 맞서는 검투사처럼 맹렬하게 돌진했다.

딱! 퍽!

나뭇가지는 창도 되고 장검도 되어 아래 위 옆으로 날아다녔다. 거칠게 바람 가르는 소리가 대신 호통이라도 치는 듯했다. 한 놈 쓰러지고, 또 한 놈 엎어지고, 마지막 놈이 넘어졌다. 한 놈이 꿈틀 일어나기에 어깨를 된통 갈겼다. 그러자 비명 소리도 못 내고 푹 고꾸라져 버렸다.

"맞아야 정신 차리는 놈들이 꼭 있다니까."

당하고 있던 초등학생을 돌아보았다. 발갛게 부어오른 뺨, 휘둥그레진 눈으로 벌벌 떨고 있는데 바지 앞자락이 젖었다. 오줌이라도 지린 모양이었다. 나와 눈이 마주치자 엉덩방아를 찧더니 기다시피 줄

행랑을 쳤다.

"기껏 구해 줬더니……."

하지만 못된 놈들을 혼냈다는 게 중요했다. 검은 수첩에는 아마 새로운 이름이 보태졌겠지. 눈 깜빡할 사이라 정확히 본 적은 없지만, 이런 일이 있을 때마다 수첩에는 글자 같은 게 생겨났다 사라진다.

나는 이제 참을 필요가 없다. 필요하면 주먹이 앞섰다. 주먹과 발길질은 말보다 문제 해결이 쉽고 깔끔했다. 한 번 당한 녀석은 두 번 다시 날 건드리지 못했으니까. 내 주먹은 점점 세지고, 내 발은 갈수록 단단해졌다.

인간 세상과 신들 세상의 틈새를 흐른다는 서천강에 빠져 인간 세상으로 흘러왔다는 검은 수첩. 그리고 그걸 찾으러 왔다는 문신. 그 둘은 내게 속해 있었다. 마음만 먹으면 힘을 보태 주는 수첩과 명령만 하면 따르는 신의 존재는 혀끝에 녹아드는 초콜릿처럼 달콤했다.

"그러다간 검은 불의 신한테 먹히고 말 거야! 이젠 그만하자."

문신은 여러 번 경고했지만 난 귓등으로 흘렸다.

"검은 불의 신이 얼마나 위험한지 넌 모를 거야. 밖으로 터져 나가지 않고는 참을 수 없는 불이거든. 닿는 건 뭐든 태워 버린다니까!"

"그 신은 지금 어디 있는데?"

"모르지. 숨기의 명수니까. 숨어 있을 땐 누구라도 찾아내기 힘들어."

처음 이야기를 들었을 땐 환상계에라도 들어간 것 같았다. 수첩을 훔쳐냈다는 검은 불의 신한테는 강한 호기심마저 일었다. 하지만 그건 호기심일 뿐 문신 입에서 나오는 말들이 은하수처럼 멀게 느껴진 것도 사실이다.

다만 굉장한 능력을 지닌 문신이 나와 연결되어 있는 것, 그걸 이어 주는 검은 수첩이 내 손에 있다는 것. 그게 중요했다. 그러니 세상 무서울 게 없었다. 이젠 아무도 날 건드리지 못했고, 성찬이처럼 보기만 하면 피해 가는 녀석이 늘었다. 선생님들만 몰랐지, 아이들 사이에는 내가 꽤 알려진 것 같았다. 어느 날 보니 난 '나홀로족'이 되어 있었다.

혼자라는 건 좀 쓸쓸할 때도 있지만 그에 못지않게 편했다. 점심밥 혼자 먹기는 이골이 났고, 불편한 점이라면 숙제 따위 급하게 베껴야 할 때 선뜻 빌려 달랄 만한 아이가 없는 정도랄까? 뭐, 내가 인상 긁으면 누구든 거절은 못한다. 그러나 마지못해 내미는 것하고 기꺼이 빌려 주는 것하고는 엄연히 다른 거였다. 체육 시간 같은 때는 나랑 짝이 된 아이 몸이 딱딱하게 굳어 있기도 했다.

"병신. 누가 어쩐다고."

그런 점들만 빼면 아무렇지 않았다.

"내 뒤에는 신이 있다. 나는 신이 함께하는 특별한 아이야!"

꿈만 같았다. 나쁜 녀석을 손봐 줄 때면 내 안에 엄청난 에너지가 생겨나는 것 같았다. 그때마다 난 다른 사람이 되었다. 한없이 강해지고 싶었다. 아무도 날 함부로 못하게. 그것은 가능해 보였다.

출구 없는 길

　내 이름이 학교 안에 쫙 퍼져 버린 2학년 봄도 끝나갈 무렵이었다.
　운동장 가득 부드러운 햇살이 쏟아져 내리고 있었다. 무슨 일이든 벌어져야 할 것 같은 나른한 오후. 책가방을 한쪽 어깨에 걸치고 교실을 나서는데 회장이 불렀다.
　"생활 부장 선생님이……."
　"아, 알았어. 알았다고."

손사래를 치며 말을 막았다. 더 듣지 않아도 안다. 회장이 내게 말을 걸 때는 생활 부장이 부른다는 이야기를 전해줄 때뿐이니까.

정일중 여학생을 도와준 뒤로 나는 생활지도 부장한테 자주 시달렸다. 사냥한 먹이를 두고두고 골려 주다 죽이는 늙은 고양이처럼 부장은 툭하면 나를 불러 괴롭힌다. 그래봤자 "요즘 어떠냐? 사고 친 거 없지? 또 그러면 그땐 각오해야 할 걸." 따위로 협박하고 구슬리다 보내는 게 다지만.

나는 그대로 학교를 나와 버렸다. 이렇게 화사한 날 음침한 상담실에서 생활 부장과 마주 앉고 싶은 마음은 눈곱만큼도 없었다.

교문을 나서자마자 큰길은 놔두고 오른쪽 골목길로 빠졌다. 늘 그랬듯 초등학교 후문을 지나쳐 산 아래 오솔길. 20여 분을 더 걸어야 하는데도 이 길로만 다닌다. 우리 학교 애들이 등하교하는 넓고 번잡한 길이 싫었다. 길 양쪽에 늘어선 패스트푸드점이며 분식집을 가득 메운 교복 행렬 보는 것도 재미없었다.

그리고 이 길은 음지였다. 특히 오솔길 오른쪽으로 시작되는 야산 들머리를 지나 아카시아 언덕 아래는 언제나 산그늘에 덮여 있다. 햇빛이 미치지 못할 뿐 아니라 선생님이나 어른들 시선에도 잡히지 않는 곳이다. 쉽게 오를 수 있는 야산 기슭이라 아이들끼리 싸움이 자주 일어나는데도 이상하리만치 간섭하는 어른들이 없었다. 나도 저곳에서 여러 차례 애들을 혼냈다.

언덕으로 가려면 장승 있던 자리를 지나가야 했다. 술 취한 사람들이 발로 차고, 못된 애들은 뾰족한 걸로 긁어 대고, 지나던 개도 꼭 그 밑에 오줌을 갈긴다더니 장승 둘은 작년 늦가을 슬그머니 없어졌다. 그 자리에는 은행나무가 옮겨 심어져 제법 자랐다. 은행나무 초록 이파리도 꽤 자랐다.

부챗살처럼 퍼지기 시작한 은행잎들 뒤쪽으로 내 시선을 끄는 게 있었다. 산기슭 풀숲 사이로 힐끗 보이는 모습이 예사롭지 않았다.

정일중 교복을 입은 너덧 명이 누군가를 끌고 가는 듯했다. 내 탐지기는 현장을 포착하고 분석하고 판단 내리는 데 몇 초도 걸리지 않는다.

아니나다를까, 가까이 갈수록 추측은 확신으로 바뀌었다. 피가 끓고 괴물이 불을 내뿜으며 내 등을 거칠게 떠밀었다. 불화살처럼 뛰어가면서 나는 하나도 놓치지 않고 보았다.

한 아이의 어깨며 팔을 여러 놈이 붙든 채고, 다른 놈 하나가 그 애한테 연거푸 주먹을 날렸다. 곧이어 또 다른 놈이 교대를 했다. 맞는 아이는 붙잡힌 채로 반항했지만, 다른 놈들까지 둘러싸고 몰매를 때리기 시작하자 맥없이 쓰러졌다. 두 놈이 쓰러진 아이를 일으켜 세워 양팔로 잡는가 싶더니, 어떤 놈 하나가 태권도장에서나 볼 법한 이단 옆차기로 그 애의 배를 차는 게 아닌가. 결국 그 애는 고개를 폭 꺾으며 힘없이 늘어져 버렸다.

"저런 악귀 같은 놈들!"

내 안의 괴물이 자리 잡은 동굴은 끓어서, 끓어서 터지기 직전의 화산 같았다. 내가 닥치는 대로 집어든 건 무참히 베어진 나무 그루터기 옆에 뒹굴던 나무토막이었다. 제법 굵고 단단한데다 끝이 뾰족

했다. 나는 우리 속에 갇혔다 튀어나온 맹수처럼 몸을 날렸다.
"야! 이 자식들아!"
 피할 새도 없이 내 목검에 맞은 놈이 쓰러졌다. 옆의 놈, 뒤에 놈, 그 뒤에 놈……. 마지막 대거리하던 놈도 내 강철 다리로 결정타를 먹고 나동그라졌다.
 몰매 맞던 아이가 기회라는 듯 움찔 일어났다. 간신히 상체를 일으키고 무릎걸음으로 기다시피 언덕 아래로 내려갔다. 나도 나무토막 집어던진 손을 탁탁 털고 뒤따랐다. 언제 맞았는지 어깻죽지가 뻐근했다. 팔다리도 저렸다.
 "안 그래도 찍혔는데 생활 부장이 알면 또 죽이려 들겠군. 그렇다고 저런 놈들을 가만둘 순 없잖아?"
 산을 내려오는데 아카시아 꽃비가 내렸다. 촘촘히 붙어 선 아카시아 나무 둥치들이 제법 굵었다. 호젓한 오솔길에도 하얀 꽃잎들이 떨어져 발에 밟히기도 하고 바람에 날려 가기도 했다. 맞던 놈이 뒤돌아섰다. 나도 웃으며 다가갔다. 헌데 녀석은 눈을 커다랗게 홉뜨더니 귀신이라도 본 것처럼 허겁지겁 달아나 버렸다. 그때 내 앞을 막아서는 놈들.
 중학생들인 것 같았지만 척 보기에도 껄렁해 보였다. 헐렁한 바지에 쫄티 입은 놈, 넓은 통바지 끝으로 땅을 질질 쓸고 있는 놈, 해바라기 꽃잎처럼 머리색이 노란 놈……. 맨 앞에 머리칼을 빡빡 밀어 버린 놈은 인상이 더 고약했다. 녀석이 내 얼굴에서 눈을 떼지 않은 채 질겅질겅 씹던 껌을 퉤 뱉었다.

"우리 정일중에 겁도 없이 도전했다는 놈이 너냐?"

나는 대꾸 없이 쏘아보기만 했다. 또야?

"우리 일진 좀 뵈러 가자. 네게 볼일이 있으시단다."

나는 심드렁하게 내뱉었다.

"나 바쁜데. 약속 있거든."

"연락해. 못 간다고."

"연락할 방법이 없는걸."

"휴대전화 빌려줄 테니까 써."

놈이 눈앞에서 흔드는 전화기를 밀쳐 내며 나는 코웃음 쳤다.

"됐네요. 너희 같은 놈들과 어울리느니 깊은 산속에서 도를 닦는 게 낫지."

말이 끝나기도 전에 빡빡머리의 오른쪽 다리가 움직이는가 싶더니 허벅지에 통증이 왔다.

"너무 건방져!"

그러나 녀석도 말을 맺지 못했다. 내가 앞으로 뛰어들어 녀석 가슴에 박치기를 했기 때문이다. 놈이 뒤로 넘어지면서 쿵 소리가 났다. 다른 놈들이 미처 움직이기 전에 내 왼팔이 뻗어 나가 옆의 놈 허리가 푹 꺾였고, 반대쪽에 선 놈한테는 무릎차기로 가슴을 한 방 먹였다. 그리곤 돌려차기로 맨 뒤의 놈까지 끝내 버렸다.

그만하려고 몸을 돌렸다. 순간 옆구리에, 어깻죽지에 엄청난 아픔! 무릎이 푹 꺾였다.

'지겨워.'

이젠 끝내고 싶었다. 괴물이 날 흔들어대는 바람에 나도 모르게 또 시작했지만 계속하고 싶지 않았다. 아까 한바탕 한 뒤라 기운도 없었고. 하지만 괴물은 이번에도 날 놔주지 않을 모양이다. 한번 시작하면 상대가 나가떨어질 때까지 나는 빠져나올 수가 없다. 아니면 내가 뻗거나.

겨우 몸을 일으키는데 뺨에 어마어마한 충격이 왔다. 얼굴이 옆으로 휙 돌아갔다. 상체가 휘청하더니 얼굴이 땅바닥에 박혀 버렸다.

"너무 잘난 체 마라. 세상은 혼자 사는 게 아니란다, 애야. 다시 보자. 담엔 이걸로 끝나지 않을 거야."

놈들이 가 버린 뒤에도 한참 퍼질러 앉아 있었다. 손등으로 여러 번 닦았는데도 코피가 묻어 나왔다. 목구멍도 깔깔하고 몸이 여기저기 쑤셨다.

하얀 구름 떠가는 맑은 하늘에서 작은 점들이 팔랑팔랑 날아왔다. 아카시아 꽃잎이 내 얼굴을 보드랍게 어루만지고 나비처럼 날아갔다. 꽃잎을 따라가던 눈길이 멎었다.

"언제 주머니에서 떨어졌지?"

수첩을 집으려고 손을 뻗는데 펼쳐진 수첩 속지가 팔라당팔라당 넘어가더니 글자 같은 게 언뜻 나타났다 사라졌다. 매번 있는 일이다. 수첩이 다시 덮이고 그 위로 꽃잎들이 쏟아졌다.

야릇한 기분이 덮쳐 왔다. 저 작은 꽃잎들처럼 내 속에서 뭔가 흩어져 날아가는 느낌. 그 자리에 무언가 다시 쌓

이는 느낌. 가슴이 답답해졌다. 명치끝이 꽉 막힌 것 같았다. 그리고 가려웠다. 물린 자국도 없고 뭐가 난 것도 아닌데 가슴속 어딘가 자꾸 가려웠다. 괴물이 들어앉은 곳인 것 같은데 어딘지 도통 알 수가 없었다.

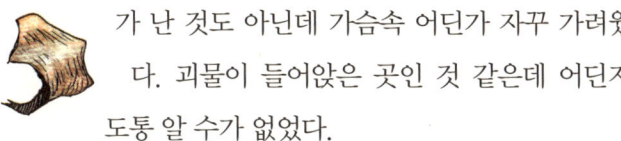

며칠이 지나도록 가려움은 가시지 않았다. 가슴을 긁어도 보고 때려도 보고 물로 씻어도 소용없었다. 얼마 지나지 않아 또 가려워졌다. 가슴 속살을 벌레가 쏙쏙 파먹는 것 같았다.

가슴살이 딱지와 멍투성이가 되었을 무렵, 이상한 소리가 들리기 시작했다. 허공 어디선가 울려오는 목소리는 뭐라는 건지 도통 알아들을 수가 없었다. 인쇄물을 출력하다 프린터 실수로 깨지고 뒤섞인 글자들처럼, 말들이 엉키고 뒤틀려 있는 것 같았다.

수렁에 발이 묶인 듯한 갑갑함. 걸핏하면 짜증이 났다. 안 그래도 밤에 잠만 들면 꿈속에서 미로를 헤매는데 이젠 환청에까지 시달려야 하다니. 미로 속에서 한 번도 벗어나지 못한 것처럼 허공을 떠도는 소리한테서도 달아나기 힘들 것 같은 예감. 목소리는 마치 이렇게 말하는 것도 같았다.

"출구 없는 길에 빠져든 거야!"

신의 아이

게임방에서 죽치다 나오니 세상이 우중충했다.

나는 항상 지하에 있는 게임방을 이용한다. 게임을 끝내고 땅 위로 올라왔을 때 세상이 조금은 더 밝아 보이지 않을까 싶어서. 맑은 햇살 덕분에라도 기분이 가벼워지지 않을까 싶어서다. 한 번도 그런 기분을 맛보진 못했지만.

그래도 게임에 빠진 순간만큼은 나를 까맣게 잊어버린다. 마치 땀 흘려 운동할 때와 비슷한 기분. 그러나 운동과 달리 게임은 늘 모험이고 늘 공격이고 늘 예측 불가능하기 때문에 더 매력적이다.
 가상현실에 혼을 빼놓고 있다 밖으로 나와 보면, 내가 발 딛고 선 세상은 얼마나 시들하고 무기력하고 재미없는지. 세상은 참 바쁘게 돌아가는 것 같지만 나와는 상관없고, 나를 비껴 지들끼리만 굴러가는 것 같다.
 집에 들어가 봤자 우울한 엄마랑 마주치기도 싫고, 벌써부터 우중충한 방구석에 박히고 싶지도 않아 하릴없이 거리를 쏘다녔다. 건물마다 위로 옆으로 달린 간판들이 줄줄이 나를 지나쳐갔다. 게임 속에 나 그런 줄 알았더니 거리에도 방이 참 많다.
 게임방, 노래방, 전화방…….
 요즘 사람들은 누구나 자신만의 방을 만들고 그 안에 갇혀 산다고 말하는 것 같다. 서로 사랑하고 상처 주면서도 자기의 방을 떠나기는 쉽지 않다고.
 또 게임방, 빨래방.
 그 옆에는 찜질방이 새로 개업하는 모양이다. 배꼽을 드러낸 민소매 윗도리와 펄럭이는 바지를 입은 내레이터 모델들이 풍선 인간과 함께 춤추고 있다. 시끄러운 음악 소리가 땅을 쿵쿵 울렸다.
 밤새 방 하나가 새로 생겨나고, 사람들이 기웃거리고, 몰려가고, 그 안에서 다들 무언가를 찾아 헤매는 건 아닌지. 좀 전까지 게임방에서 거울의 방을 내내 헤매 다닌 나처럼.
 비디오방, 만화방, 디브이디방.
 갖가지 방들의 간판도 꽤나 어지러웠다. 하나하나 스쳐 가다 보니

저 방, 방들마다 적들이 숨죽인 채 나를 노리고 있는 것 같다. 다람쥐처럼 눈치 빠른 적은 아무리 살펴도 그림자조차 드러내지 않는다. 나는 적과 맞서 싸우려는 전사가 되어 가슴을 쫙 폈다.

"오라! 나의 적이여! 숨지만 말고 모습을 드러내라!"

그러나 적은 나타나지 않고, 건물 앞 길가에 노점들만 눈에 띄었다. 보이지 않는 적을 향해 부릅떴던 눈이 좌판 쪽으로 내려갔다.

눈을 확 잡아끄는 물건 하나가 있었다. 갈색 칼집에 황금색 별이 붙은 작은 칼 하나. 칼끝이 살짝 구부러져 휘었는데도 접었다 폈다 할 수 있는 주머니칼이었다. 거울의 방에서 내 적이었던 놈의 칼과 닮았다. 크기만 훨씬 작을 뿐.

내 캐릭터는 검은 갑옷과 검은 방패와 검은 창을 갖춘 용감한 흑기사였지만, 거울의 방에 숨은 적을 찾아내기는 쉽지 않았다. 조각조각 이어 붙여진 거울들 때문에 눈앞이 혼란스러워 문도 찾을 수가 없었다. 그때 적이 불쑥 나타났다. 활과 검을 양손에 들고 노려보는 놈을 보자 생활지도 부장의 눈초리가 생각났다.

적의 칼은 까만 손잡이에 날카로운 칼끝이 살짝 들린 초승달 모양이었다. 바다를 주름잡던 옛날 해적들이나 사용할 법한 멋들어진 검. 그 검에 흑기사의 방패와 창이 박살나자 게임이 끝나 버렸다. 그 방만 벗어나면 레벨이 올라가는데 허무했다. 방패는 그렇다 쳐도 창이 검한테 한 방에 당하다니.

"씨. 무기 선택만 잘 했어도."

검을 쳐들고 웃던 적의 낄낄대는 소리가 들렸다. 거기에 생활 부장의 웃음소리가 겹쳐졌다. 그놈의 검처럼 주머니칼은 어떤 방패라도 뚫을 듯 단단해 보였다. 저런 칼만 있다면.

좌판 뒤에 허름한 잠바를 걸치고 멍하니 앉은 할아버지 앞으로 다가갔다. 해거름 녘의 노점은 한가해 나 말고는 관심 갖는 사람도 없었다.

황금색 별을 슬쩍 눌렀더니 칼이 접히며 칼집 안으로 몸을 숨겼다. 다시 눌렀더니 칼집에서 빠져나와 날을 드러냈다. 노을빛을 받아 칼날이 은은하게 빛났다. 흑기사와 어울리는 칼이다…….

주머니를 뒤졌다. 엊그제 오랜만에 얼굴을 비치고 간 아버지가 준 돈이 남아 있었다. 탈탈 털어, 좀 모자라도 줄 듯한 눈으로 날 보고 있는 할아버지한테 내밀었다. 내가 주머니칼을 집어 들자 할아버지는 고개를 끄덕거렸다.

"그게 뭐야?"

내 방에 들어오자마자 칼을 살피느라 문신이 오는 걸 알아채지 못했다. 하긴 문신의 그림자도 요즘엔 많이 옅어졌다. 그나마 그림자 안에 감돌던 푸른빛은 더 흐릿해져 알아보기도 힘들었다.

"갑자기 웬일? 부르지도 않았는데."

"위험한 물건! 왜 가져왔어?"

또 성질부터 발끈 났다.

"상관할 거 없잖아!"

"네 마음을 더 뾰족하고 날카롭게 만들걸."

"갖고만 다닐 거야."

말은 그랬지만, 몸으로 부딪치는 것보다 칼로 한 번만 위협하면 단박에 무릎 꿇지 않을까 하는 생각을 했다. 요즘 명치끝이 답답하고 늘 꼬여 있는 기분에서 벗어나지 못했다. 긴 숨을 토해 봐도 뚫릴 기미가 없었다. 그래서 더 칼이 갖고 싶었는지도 모르겠다.

"사용하는 순간 재앙이 닥칠 거야."

"검은 소중한 걸 보호하기 위해 지니는 거야."

"그게 뭔데?"

"……."

무협지에서 읽은 말을 즉흥으로 써먹긴 했지만, 문신의 물음에는 대답하지 못했다.

"위험해. 넌 단추처럼 반짝이는 아이였는데, 위험한 애가 됐어."

"내가 왜? 삥뜯기를 했어? 날라리들과 어울려 할 짓 못할 짓 하며 놀기를 했어? 폭력 서클에 가입하기를 했어?"

"많은 애들 아프게 하고 다치게 했잖아. 선생님까지!"

"아니야! 난 주먹이나 믿고 약한 애들 골라 괴롭히고 겁주는 비겁한 인간들을 경멸해. 난 달라. 세상의 악인 놈들만 혼냈다고!"

"아니. 조금만 네 맘에 안 들어도 보복하고 해코지에 몰두하면서 뭘. 그러면서 내 신기를 자꾸 뺏어가잖아."

알고 있었다. 내 안의 괴물이 날 부추기고 몰아세울 때마다 엄청난 에너지가 생긴다는 걸.

'그게 문신한테서 오는 기였나…….'

"네가 가진 그 물건에 새 이름이 올라갈 때마다 너는 더 강해지는지 몰라도 내 기는 그만큼 줄어들어. 이젠 그만하지 그래. 대왕님들 말씀이, 얻는 게 있으면 잃는 것도 있는 법이랬어."

"무슨…… 말이야?"

"하나를 얻으면 하나를 잃는 게 공평하다고. 너 공평한 거 좋아하잖아."

"공평한 거?"

"너는 강해지고 싶어 했어. 그래서 강해졌어. 대신 없어진 게 있지."

"그게 뭔데?"

"너를 반짝반짝 빛나게 해 주던 거. 그건…… 에이씨, 설명을 못하겠다. 하여튼 있어."

'얻는 게 있으면 잃는 게 있다.'

지극히 당연한 말을 대단한 것처럼 떠벌리는 지당박사들이나 하는 말인데, 문신 입에서 나오니까 낯설었다. 어리보기인 줄로만 알았더니.

"내가 힘 세지고 강해질수록, 내 안에서 사라지는 게 있다. 그게 당연하고 공평한 거다. 그건 어쩌면……."

머릿속이 얼크러지며 현기증이 나려고 했다.

이젠 어쩔 수 없어. 지나간 시간을 되돌릴 수 없는데 예전으로 돌아갈 수도 없잖아. 얻는 게 있으면 잃는 게 있다고? 그러면 얻는 거라도 더 철저히 가져! 잃은 걸 보상할 수 있게!

내 안의 덩어리인 괴물이 입을 열어 날 꼬드기는 순간에도 문신은 물러서지 않았다.

"처음 만났을 때 넌 똑 부러지고 명확하고, 실수투성이 내 눈엔 정말 반짝반짝 빛나는 애였어. 뭐 하나 잘하는 거 없는 내가 너를 돕게 돼 기쁘기도 했지. 그런데 언제부턴가 네 기가 엄청 세져 내 기를 먹어치우기 시작했어. 네 안에 뭔가 들어앉은 것처럼 무섭게 난폭해지기도 하고. 가끔 넌 네가 인간이 아닌 신이라고 착각하는 것처럼 보여."

바늘에라도 찔린 것처럼 뜨끔했다. 안 그래도 괴물이 날 부추길 때면 하는 말이다.

넌 신의 아이야. 세상의 악을 다스리도록 신이 너를 선택한 거라고.

괴물은 언제부턴가 말을 이렇게 바꿨다.

네가 신이 되면 왜 안 돼? 어느 날 인간 세상을 바라보던 수많은 신들 중 누군가 생각한 거야. 처음 인간 세상이 생겨날 땐 단순하고 아름답기만 했는데, 너무 더러워졌어. 나쁜 인간들이 많아져서 그래. 세상을 오염시키는 질 나쁜 인간들을 혼내고 걸러 내면 인간 세상은 다시금 건강해지지 않을까? 한 번 해볼 만한 일이지 않아? 그래서 신들은 그 역할을 맡을 인물로 너를 골랐고, 검은 수첩을 보내 주고 문신이 널 돕게 한 거야. 이렇게 신들이 널 전폭적으로 밀어주는데, 신의 힘이 네게 있는데 신하고 뭐가 달라?

"빛에는 그림자가 있는 것처럼 강한 힘에는 위험이 따른다는 것도 대왕님 말씀이야. 넌 원한 만큼 힘을 얻었지만 대신 대가를 치러야 할지 몰라. 더 늦기 전에 그걸 돌려주고 날 놓아주지 그래."

돌려주고, 놓아 달라…… 오랜만에 듣는 말이다. 하지만 너무 늦진 않았을까?

마음보다 말이 먼저 튀어나갔다.

"정 그러면 빼앗아 가지 그래?"

"내 이름을 네가 먼저 알아냈기 때문에 안 된다고 했잖아. 네가 놓아줘야 갈 수 있어. 더 이상 돌이킬 수 없기 전에……."

"천만에. 신들의 과제를 수행하는 날 도우라고 네가 온 건데 어떻게 보낼 수 있겠어? 내 힘의 근원이 너랑 수첩에 있는데, 내가 놓아 줄 것 같아?"

"아…… 무섭다. 이런 아이가 아니었는데. 네가 중독됐다는 말이 맞나 보다. 이젠 어쩌나……."

깊은 한숨 소리가 나더니 흑문도령이 가 버렸다.

입이 썼다. 그렇게까지 굴고 싶지 않은데, 이야기를 나누다 보면 꼭 어깃장을 놓게 된다. 문신의 잔소리 때문이지만 내 안의 괴물이 마음을 배반하는 말을 자꾸 시키는 탓도 있다. 괴물이 아니더라도 문신이 검은 수첩을 갖고 떠나는 건 상상조차 하기 싫다. 나는 어떡하라고?

흑문도령이 남긴 말이 메아리처럼 되돌아왔다.

"중독? 내가 중독됐다고? 술이나 마약을 한 것도 아니고, 저를 보내기 싫은 것뿐인데 나더러 중독이라고?"

중독이란 말이 머리를 때리자 몸에서 힘이 빠져나갔다. 내 몸은 방바닥으로 무너져 내렸다.

칼자루를 툭툭 두드려 보았다. 단단한 촉감이 손끝으로 곧장 전달되었다. 불편하기 짝이 없던 마음이 조금은 위로받는 거 같았다. "검은 소중한 것을 지킬 뿐 아니라 막힌 혈을 뚫어 사람을 살리는 데도 쓴다."고 당당히 말하던 무림 고수가 떠올랐다.

칼을 지니고 다니면서 학교 가는 발걸음이 조금 가벼워졌다. 검은 수첩을 처음 주웠을 때처럼 오랜만에 마음까지 설레었다. 정일중과의 경계인 담장을 따라 호위병처럼 서 있는 플라타너스 나무들. 저 밑동마다 한 자씩 내 이름을 칼로 새기면 어떨까 생각하니 머리끝이 찌릿했다. 그러나 첫째, 둘째 시간에 음악과 과학 수업이 연이어 들었다는 생각이 나자 기분은 다시 추락했다.

음악실 공사 때문에 당분간 교실에서 수업한다더니 시작 종소리와 함께 회초리를 든 음악 선생이 들어왔다. 미처 자리에 앉지 못한 아이들을 노려보고는 "오 주여!" 하는 탄식으로 수업 시작을 알렸다. 누가 독실한 크리스천 아니랄까 봐 한 시간에도 열댓 번은 주님을 찾는다. 나이가 거의 쉰 살이라던데 평생 몇 번이나 불렀을까? 그동안 '주님'은 귀가 꽤나 따가웠을 거다.

그걸로 끝이 아니다. 고정 레퍼토리가 또 시작되었다.

"그렇게 얘기했는데도, 오늘 자전거 타고 등교한 사람 손들어 봐라."

아이들은 서로 눈치만 보았다.

"오늘 아침에 보니까 아버지 자동차 타고 오는 놈도 있더라. 도대체 요즘 것들은 자동차나 자전거를 타지 않으면 학교도 못 오냐? 정신 상태가 그리 허약해서 뭣에 써? 우리 자랄 적에는 십 리, 이십 리 길도 걸어 다녔는데 말야."

입만 열면 "요즘 것들은", "우리 자랄 적에는"이다. 그래도 오늘은 손을 든 아이가 없어선지 그걸로 끝났다. 음악 선생은 손에 든 회초리로 칠판을 탁탁 치더니 말했다.

"자, 숙제들 내놔 봐!"

악명 높은 회초리였다. 원래는 장구챈데 장구 대신 아이들 손바닥을 두들겨 두고두고 쓰라림을 남긴다. 중간중간 뚫어 놓은 작은 구멍들이 내려칠 때 공기의 저항을 줄이기 때문이라는 말도 있다. 오늘도 나를 포함, 악보 그리기를 안 해 온 네 명의 손에 기하학적인 무늬가 그려졌다.

'칼로 저 회초리도 자를 수 있을까? 구멍을 더 크게 후벼 파 주면?'

이번엔 음표, 음자리, 노래 박자를 대답 못한 아이들이 줄줄이 타작을 당했다. 나는 참지 못하고 불쑥 물었다.

"앞으로 음악가가 될 것도 아닌데 그런 걸 다 외워야 합니까?"

"저런 사탄의 자식! 잘못된 생각 한 번이 네 앞길을 망칠 수도 있는 거야. 학생이 학생다워야지!"

사탄의 자식이며, 학생다움이 왜 나오는지 알 수 없었다. 나는 음악 선생한테는 한 치의 기대도 없으니만큼 무시해 버렸다. 내 안의 괴물이 '허리나 확 부러져 버려라.' 하고 저주의 말을 내뱉긴 했지만.

다음은 생활지도 부장이 맡고 있는 과학 시간이었다. '과학' 하면 떠오르는 실험 관찰 따위와는 거리가 먼 수업이다.

종이 울리자 오른팔 깁스를 한 생활 부장이 발걸음도 힘차게 들어왔다. 길거리를 지나다 떨어지는 간판에 맞았다고 한다. 나는 문신과 수첩의 저력을 다시 한 번 확인했다. 흑문도령은 간판을 부장 옆으로 떨어뜨려 놀라게만 해 주려던 게 제대로 안 됐다지만.

처음 깁스한 모습을 봤을 때는 어떻게 수업을 할지 궁금했다. 45분 내내 칠판에 쓴 내용을 공책에 옮겨 적어야 하는 끔찍한 수업 대신 자습이라도 하라면 싶었다. 읽던 책이나 마저 읽게. 그러나 바람은 철저히 배반당했다.

부장은 왼손으로도 글씨를 곧잘 썼다. 하긴 어제 옆 반에서는 5교시에 하품하던 애의 입 속에 왼손으로 분필을 던져 명중시켰다더니, 나처럼 평소에 왼손을 자주 사용하는지도 모른다.

키가 작은 부장은 여느 때처럼 칠판 3분의 2쯤 되는 곳부터 글씨를 쓰기 시작했다.

중추신경계, 말초신경계, 대뇌, 간뇌, 중뇌, 소뇌…….

아이들 모두 칠판과 자기 공책으로 눈을 옮겨 다니며 베끼느라 바빴다. 안 그러면 매타작에 온갖 모욕이 뒤따르니까.

연수, 척수, 뉴런…….

칠판이 금세 글자며 그림으로 가득 찼다. 회장을 불러 지우개로 지우라 하더니 또 시작해 끝까지 채웠다. 그렇게 서너 번 되풀이하니까 오늘도 수업이 끝났다.

부장은 교실 문을 열기 전 나한테 눈길 한 번 보내는 걸 잊지 않았다. 입술을 비틀며 야릇한 웃음을 보내는 것도.

복도에서 부장 모습이 사라지자마자 언제 그랬냐 싶게 교실 안이 살아났다. 이제까지 죽였던 숨을 한꺼번에 토해 내듯 웅성웅성 시끌시끌 귀까지 멍멍했다. 쉬는 시간 10분이나마 철저히 누리려고 작정한 애들 같았다.

점심때까지 나머지 두 시간은 기술가정, 도덕이니까 뭐 대충 때울 수 있을 거다. 『무림 고수』 6권이 얼마 전에 나왔는데 빌려만 놓고 읽지 못했다. 어제 5권을 반쯤 읽었으니까 두 시간 내내 독파하면 오전 중으로 끝낼 수 있겠지.

나는 대부분 수업 시간을 책 보는 걸로 때웠다. 수업이 재미없고 지루할수록 더 책 속으로 도망쳤다. 처음엔 걸려서 몇 번 야단도 맞았는데 어느 날부턴가 아무도 간섭하지 않았다.

그래도 과학 시간에는 걸리면 귀찮아지니까 아무것도 하지 않고— 그러나 하는 척하며—보냈다. 시선은 부장의 손가락 끝에서 움직이는 분필에 고정시킨 채 머릿속 화면에는 읽다 만 책 내용을 그리며 흘려보냈다.

요즘 **빠져** 사는 무협, 판타지 소설들은 침입, 정복, 싸움, 대결로 가득하다. 다음 권을 집을 때마다 선인과 악인의 숨 막히는 싸움, 고수 대 고수의 목숨을 건 대결에 매번 사로잡힌다. 악의 무리를 응징하는 고독한 기사가 되어, 썩은 세상에 홀로 저항하는 무림의 떠돌이가 되어 나도 창을 던지고 칼을 휘두른다.

책과 함께 먼 세상을 날아다니다 현실로 내팽개쳐질 때마다 보이지 않는 줄로 걸상에 묶인 듯 갑갑하기만 했다.
 "학교 따위 때려쳐 버릴까?"
 하루에도 수십 번 생각하지만 그러지 못하는 건 순전히 엄마 때문이다. 나 때문에 엄마 병이 더 깊어지는 건 싫다. 학교를 그만둔다고 딱히 할 일도 없었고. 집에 종일 있으라면 그건 더 끔찍할 것 같다.
 엄마가 왜 정신병원까지 가야 했는지는 모르겠다. 어느 날 수면제를 많이 먹었다고 병원에 실려 가 한참 만에 깨어났는데, 멍하니 천장만 바라보다 정신병원으로 옮겨 가 두어 달 지냈다. 그동안 나는 아버지와 같이 밥을 먹거나 혼자 먹었다. 밥이 없으면 쌀을 씻어 전기밥솥에 안쳤다. 아버지가 사다 놓은 김치나 반찬이 없을 땐 맨밥에 물을 말아 훌훌 들이마셨다.
 뒤에서 수군대던 동네 아줌마들 얘기로는 아버지가 다른 여자를 만났다던데, 그게 죽으려고 할 만큼 엄청난 일인지 모르겠다. 그렇다고 아버지가 잘했다는 건 아니다.
 "날더러 이제 와 어쩌라는 거야?"
 "내가 당신 놓아줄 줄 알아요? 절대로 못해요!"
 와장창! 쨍그랑! 소리가 나면 엄마 우는 소리가 이어졌다. 방문을 닫고 내 방에 틀어박혀 있어도 소리는 고스란히 다 들렸다. 몇 번의 싸움. 집안엔 냉기가 흘렀고, 삭막한 분위기에 숨이 막힐 것 같던 어느 날 엄마는 약을 먹었다.
 아버지는 갈수록 집에 들어오는 일이 드물어졌고, 퇴원해 돌아온 엄마는 술을 마시기 시작했다. 그게 내가 초등학교 6학년 때 일어난 사건의 전부였다.
 처음에는 잠이 안 와서 한두 잔 마신다던 포도주가 한 병이 되고 두 병으로 늘더니, 엄마는 언제부턴가 맥주, 소주 가리지 않고 마셔 댔다. 어떤 날엔 화장실로 들어가는 엄마 아랫도리가 이미 젖은 걸 본 적도 있다.
 그래도 요즘엔 술을 좀 덜 먹는 것 같다. 대신 사랑한다고 말하기 시작했다. 취하기만 하면 미안하다며 줄줄 울더니, 이제는 "엄마가 널 얼마나 사랑하는지 알지?" 하며 또 훌쩍거린다.
 "쳇, 자식 앞에서 자꾸 눈물 보이는 거 비겁하지 않아? 스스로 추스르지 못하고 자식한테까지 동정 받으려 하는 거야, 뭐야? 좀 강해질 수는 없냐고!"
 한 번도 대놓고 말한 적은 없다. 엄마가 올 때는 이상하게 꼼짝할 수가 없다. 소리도 크게 못 내고 줄줄 흘리는 눈물에 마음까지 굳어 버린다.
 술 먹고 울면서 날 사랑해 주기보다 엄마가 편해졌으면 좋겠다. 신경 좀 안 쓰이게.

검은 수첩의 기운이
　　문신의 기를 누르면

　정일중 담장 아래 코스모스가 피었다. 나무들 그림자 때문에 햇빛이 모자랄 텐데도 지천으로 피어나 하늘거렸다. 플라타너스 나뭇가지에 방울 같은 열매들이 대롱대롱 매달렸다. 한껏 높아진 하늘에는 고추잠자리도 날아다녔다.
　"신들의 꽃밭에 이런 꽃도 필까? 온갖 신비한 꽃들이 가득하다던 서천꽃밭은 이보다 훨씬 아름답겠지? 생명을 살리는 꽃도 핀다던데."
　문신에게 들은 서천꽃밭이 떠오르자 그윽한 꽃향기가 나를 감싸는 것 같았다. 하늘 아래 끝도 없이 펼쳐진 꽃밭에서 소리 없는 웃음을 내게 보내는 꽃들. 나는 꽃잎 구름을 타고 꽃밭 위를 날아 교실로 갔다. 그러나 반 회장과 마주치자마자 땅으로 곤두박질치고 말았다.

"생활 부장 선생님이 오래."

회장은 내 얼굴도 보지 않고 말하더니 자기 자리로 갔다.

'왜 또? 한동안 잠잠하더니……'

지난 여름방학은 방 안에 처박혀 무협 판타지 읽는 걸로 다 보냈다. 싸우고 혼내는 것도 시들했고, 허공을 울리는 목소리에 흔들리는 것도 지겨웠다.

"혹시 그거 때문일까? 시험 답안지에 장난친 거?"

지난 주 중간고사 때였다. 사회 시험을 치르는데 도대체 무슨 말인지 헷갈리기만 했다. 그나마 맘에 맞는 수업—국어 시간 정도—빼놓고는 책 보거나 공상으로 때우니 당연했다. 그렇다고 시험공부는커녕 전날 밤에도 블랙홀에라도 빠진 듯 『무림 고수』에서 헤어나질 못했으니.

무림의 고수 하나가 금강불괴의 경지까지 올랐는데도 부족함을 느낀다. 몸이 금강석처럼 단단해져 뭘로 공격해도 끄떡없는 상태가 금강불괴. 초절정 고수들이나 가능한 경지인데 이 고수는 영 미진함을 떨칠 수 없다. 훌륭한 스승을 찾아다니다 한 도인을 만났고, 도인을 통해 자기가 이룬 경지가 진정한 최고가 아니라는 걸 알게 된다. 금강불괴란 무엇으로도 파괴할 수 없는 단단한 몸만 의미하는 게 아니라 정신의 지고한 경지를 동시에 갖추어야 한다는 것. 몸과 정신, 둘이 합일되어야 완전한 인간으로 거듭날 수 있다는 거다.

'정신의 지고한 경지란 어떻게 이룰 수 있는 것인가?'

고수는 물음에 사로잡혀 다시 수련에 들어간다. 답을 얻을 때까지 스스로 자신을 가둔 울타리 속에서 나오지 않을 것이다. 그러나 아무리 고뇌하고 몸을 단련하고 검법을 익혀도 정신의 지고한 경지는 찾아오지 않는다…….

'고수는 어떤 답을 얻게 될까?'

모르겠다…….

머리를 흔들고 사회 시험지를 다시 들여다보았다. 누런 갱지에 빽빽한 글자들이 무술 대련장에 모인 무림인들 같았다.

'……한 달 뒤 쿠시나가라에 도착했다. 부처님이 열반에 드신 곳이다. 성은 황폐하여 사람이라고는 살지 않는다. 부처님이 열반에 드신 곳에 탑을 세웠는데, 스님 한 분이 그곳을 깨끗이 청소하고 있다. 매년 8월 8일이 되면 스님과 여승, 도인과 속인이 모두 그리로 모여 대대적으로 불공을 드린다. 그때 공중에 깃발이 휘날리는데, 그 수를 헤아릴 수 없다. 많은 사람이 그것을 함께 보고, 이날을 기하여 불교를 믿으려고 마음먹는 사람이 하나 둘이 아니다.'

위 내용과 관련이 깊은 인물을 말하고 그의 업적에 대해 서술하시오.

모르겠다. 모르겠다…….
시험지의 깨알 같은 활자들이 꾸불텅꾸불텅 움직인다.

　절대 고수들만이 모여 맨손으로, 또는 검으로 대결을 벌이고 있다. 한때는 황폐한 성이었으나, 지금은 무림인들의 대련장이 된 '쿠시나가라'. 공중에는 깃발들이 휘날리고 스님들은 중얼중얼 염불을 외고 도인들은 숨을 멈춘 채 지켜보고 있다.
　고수는 멀찍이서 바라보다 몸을 돌린다. 나는 말과 같은 비마축지법으로 닿은 곳은 숲 속 호숫가. 정면을 주시하던 고수가 천천히 검을 들어올린다. 고수가 검을 움직이는 듯, 검이 고수를 움직이는 듯, 물결처럼 부드러운 검무.
　고수에게 검은 이미 차가운 무기가 아니라 피와 기가 흐르는 손발과 같다. 고수의 검이 바람에 흩날리는 작은 꽃잎을 베는가 싶더니 흔들리는 갈대의 작은 대궁을 살짝 스친다. 갈대 끝엔 투명한 이슬방울이 달랑 맺혀 있다. 고수는 검을 세워 땅을 짚은 채 갈대 끝을 응시한다.
　멀찍이서 들려오는 함성 소리며, 무림 고수들의 흥미진진한 대결과 승부에도 마음이 동요하지 않는다. 순간 이슬방울이 풍선처럼 커지는가 싶더니 아름드리 나뭇등걸만 해졌다가 하늘만큼 넓고 투명한 세상이 된다. 거기에 이 세상 모든 일이 비친다.
　빠져들듯 보고 있던 고수는 자기 안에서 무언가 달라지고 있는 걸 느낀다.

일체의 번뇌를 깨뜨리고 초탈한 상태에 이른 것이다. 그것이 바로 정신의 최고 경지였던 것이다…….

아직 출간되지도 않은 『무림 고수』의 다음 권 내용이 줄줄줄 떠올랐다. 머릿속에서 사라질까 봐 재빨리 답안지에 옮겨 적었다. 어차피 컴퓨터로 채점하는 OMR 카드니 마음에 들지 않으면 0점 처리 시키겠지. 아무 거나 닥치는 대로 찍지 않고, 서술형 답안지의 넓은 칸을 내 의지대로 채우고 있는 기분이 그럴듯했다.

"어이, 짱! 그간 조용하다 싶더니 또 시작이냐?"
부장은 날 보자마자 상담실로 끌고 들어갔다. 오늘은 양복 윗저고리도 벗고 있다.
"무슨 일입니까?"
"이게 아주 반항도 독특하게 한단 말야!"
커다란 주먹이 눈앞에 보이는가 싶더니 오른뺨으로 날아왔다. 허리가 휘청하고 고막이 놀란 듯 귀가 멍멍했다. 부장은 정말 왼손의 힘도 막강한 모양이다.
"시험 치르기 싫으면 그만이지 뭐, 무림의 고수가 어쩌고 저째?"
"……."
"어디서 그런 허섭스레기 같은 소리를 지껄이고 있어!"
"……."
"책 좀 읽었다고 시험 거부도 고차원적으로 한단 말이지? 쓰레기 같은 책만 보는 주제에."

'0점 처리 하면 될 거 아닙니까.'

입 밖으로 나오지는 않았다. 그래봤자 부장 주먹에 힘만 실어 주게 되는다는 걸 잘 아니까. 저 작은 키에서 어떻게 그런 힘이 나오는지 궁금했다. 우리더러는 폭력 학생이 어떻고, 폭력을 쓰면 인간성이 어떻게 망가진다고 떠들면서 자기가 쓰는 건 폭력 아닌가. 내 생각을 읽기라도 하듯 부장이 말을 덧붙였다.

"이건 사랑의 매라는 거다. 아끼는 제자가 비뚤어진 길로 갈까 봐 눈물을 머금고 널 때리는 거다."

부장의 왼쪽 손등이 왼쪽 뺨에 와 닿았을 때 아픔보다는 모욕을 느꼈다. 이제까지 한 번도 해 보지 않은 생각이 퍼뜩 들었다.

'그동안 나한테 맞은 애들도 이런 기분이었을까?'

그 생각을 먹어 치우며 내 안의 괴물이 몸을 불끈 일으켰다. 동굴 안이 급격히 뜨거워졌다.

저 가증스런 얼굴에 주먹을 날려 버려!

문득 내 앞에 엄마가 떠올랐다. 엄마는 눈물 어린 눈을 내게서 떼지 못했다.

"짱! 다음 사고 칠 때는 나한테 귀띔이라도 해라. 알겠냐?"

그 말 뒤로 속내를 알 수 없는 눈초리가 이렇게 말하는 것 같았다.

'안 그러면 가만 두지 않는다. 너는 내 눈 밖으로 벗어날 수 없어. 안 그래?'

"흑문! 문신! 야, 너 빨리 안 와?"

부장 손아귀에서 벗어나자마자 문신을 불렀지만 대답이 없었다. 요즘 문신은 가까이 있는 적이 별로 없다. 애타게 찾아도 한참 지나야 느릿느릿 오곤 한다. 하긴 나타나도 도움 안 될 때가 더 많지만.

"그 물건의 기운이 엄청 강해져 내 기를 억누르기 때문에 나도 어쩔 수 없어."

수첩의 기운이 문신의 기를 누르면 어떻게 되는 것일까? 흑문도령은 예전처럼 날 도울 수 없다 했다. 그런데도 내 힘은 어느 때보다 강해진 것처럼 느껴질 때가 있다.

골목길 빠져나와 초등학교. 후문 지나 오솔길. 오른편 은행나무를 열서너 그루 지나 야산 들머리…….

산기슭 풍경은 별다를 게 없는데 무언가 달랐다. 주변을 떠도는 불온한 공기. 팽팽한 긴장감이 느껴졌다. 아카시아 언덕 쪽에서 간혹 배어 나오는 말소리. 키득키득 웃음소리까지.

그냥 지나치고 싶었다. 지겹고 귀찮았다. 그런데도 내 발은 조건반사처럼 그쪽으로 돌아갔다. 이번에도 괴물이 이겼다.

아카시아 언덕 아래 공터에는 열서너 남짓한 놈들이 양쪽에서 거리를 둔 채 마주보고 서 있었다. 한쪽은 정일중 애들 같은데 다른 편은 어느 학교인지 모르겠다. 교복 입은 놈, 청바지 입은 놈, 챙모자 쓴 놈. 가지각색이다.

줄 맨 끝에 선 놈은 담배를 피우고 있었다. 폭풍 전의 고요처럼 주변에는 정적마저 감돌았다. 놈이 담배를 거칠게 집어던지더니 손을 번쩍 들었다. 손을 내림과 동시에 바로 뒤 아카시아 나무 기둥을 퍽 걷어차고는 뛰쳐나갔다. 순식간에 대열이 흐트러졌다. 놈을 뒤따라 양쪽에서 대열이
서로 엉겨붙었다.

그놈이 먼저 상대의 얼굴로 주먹을 날렸다. 이어 발이 상대편 가슴께까지 올라갔다. 자세며 몸놀림이 능숙했다. 주변의 다른 놈들도 차고 때리고 달라붙고 정신이 없다. 연거푸 주먹질 하는 놈, 발을 날려 보지만 헛발질만 하는 놈, 상대방의 머리칼을 쥐어뜯는 놈, 엉덩이를 걷어차는 놈, 원숭이처럼 꽥꽥거리는 놈……. 아수라장이 따로 없었다. 이런 난장판을 산 아래 어른들 아무도 간섭하지 않는다는 게 신기했다.

승부는 항상 결정 나는 법이다. 담배를 집어던지고 싸움을 시작한 그놈 둘레로 대열이 재편되는 건 얼

마 걸리지 않았다. 그놈과 한번 붙어보지 않겠냐고 괴물이 부추기는 걸 애써 무시하고 몸을 돌렸다.

'열심히들 해봐라. 나는 간다.'

"잠깐!"

날카로운 소리가 등 뒤에서 날아왔다. 나무들 벽에 부딪쳐 바람 한 줄기 못 들어오는 이곳에 더 있기 싫은데…….

"서라고 했잖아! 너 지난번 그놈 맞지?"

득달같이 뛰어와 내 앞을 막아서는 녀석. 낯이 익었다. 빡빡 밀었던 머리가 제법 자랐지만 인상은 여전히 고약했다. 그리고 재빠르게 뒤따라와 나를 에워싸는 놈들.

"가려던 참이야. 날 내버려 둬."

"목격자를 그냥 보낼 수야 없지."

"내가 뭘 어쩔까 봐?"

"그보다 우리 정일중을 건드린 과거를 그리 쉽게 지울 수는 없다는 거지. 게다가…….'

내 안의 괴물이 끓는 소리를 냈지만 나는 망설였다. 또 몸으로 부딪치고 싸운다는 게 내키지 않았다. 수적으로도 명백한 열세였고. 하지만 괴물은 물러서지 않았다. 금세 불을 뿜어 댔고 그 불길로 나를 확 집어삼켰다.

"넌 너무 건방지거든!"

녀석의 말이 끝나자마자 내 발이 날아갔다. 그러나 가슴을 얻어맞고 녀석이 넘어지는 걸 보기 전에 옆구리에 충격이 먼저 왔다. 순간적으로 얼굴을 돌려 옆의 놈을 보았다. 아까 싸움 시작을 알리고, 주먹 한 방 발길질 한 번으로 상대를 제압한 그놈이다.

놈의 주먹은 무시무시하게 셌다. 내 아래턱으로 다시 그 주먹이 날아왔다. 팔을 방패처럼 세워 얼굴을 막았지만, 내 양팔은 이미 다른 놈들한테 붙잡힌 뒤였다. "퍽!" 소리가 머리를 강타하면서 동시에 두 무릎이 푹 꺾였다. 머리가 흔들리고 상체마저 휘청거렸다.

쓰러지지 않으려고 가까스로 버텼다. 등을 땅에 대는 순간 모든 게 끝나 버린다.

"세상 무서운 줄 모르고 까부는 놈은 한 번 당해 볼 필요가 있지!"

곧이어 등에, 옆구리에, 무릎 관절에 날아드는 발, 발들. 숨이 꺽꺽 막혔다.

다시 한 번 옆구리가 부러지는 것 같은 통증이 왔다. 고통을 이기지 못하고 데굴데굴 굴렀다. 펄펄 끓는 물을 끼얹은 것 같았다. 통증이 내장을 통과해 목으로 올라왔다. 죽을지도 모른다는 공포가 밀려왔다. 이 끔찍한 자리에서 빨리 벗어나고 싶었다. 너무 피곤했다.

'흑문…… 어디 있는 거야? 도와줘…….'

반응이라도 하듯 딱딱한 것이 허벅지를 찔렀다. 정신을 모으려고 기를 썼다.

'손만 넣을 수 있으면…… 주머니에 손만…… 제발.'

"안 돼!"

목소리를 들은 거 같았는데 정신이 아득해졌다.

내 앞에 슬라이드 필름처럼 한 장면씩 끊어진 영상이 나타났다. 흑백의 슬라이드 영화를 보듯.

> 놈이 쓰러졌다. 옆구리에서 피가 흘러내린다. 다음 화면,
> 녀석들이 놀란 얼굴로 나를 본다. 쓰러진 놈을 본다. 다음 화면,
> 녀석들이 주춤주춤 물러난다. 다음 화면,
> 내 손에 피가 묻어 있다. 구역질이 난다.
> 순간 뒤통수에 무시무시한 충격…….

갑자기 화면이 툭 끊기고 모든 소리가 싹 사라졌다. 기절 놀이처럼. 학교에서는 작년 한때 기절 놀이가 유행했다.

한 아이가 서 있으면 다른 애가 목을 조르고, 또 다른 애가 가슴을 탁 친다. 그 순간 서 있는 아이는 십중팔구 기절해 쓰러지는데, 뇌진탕이라도 일으키지 않으려면 옆의 친구가 잘 받아줘야 한다.

나도 딱 한 번 해봤다. 한 녀석이 "너도 해볼래?" 하는 바람에 무심코 그 애한테 나를 맡겼다. 목이 조여드는 순간 후회했지만 이미 늦었다. 숨이 가빠오다 가슴이 켁켁 막히는데 둔탁한 울림이 가해지자 심장이 탁 멎는 거 같았다.

그 짧은 순간 죽음을 생각했다.

'죽으면 어떤 모습이 될까?'

그대로 정신을 잃었고, 깨어 보니 기절 놀이를 권하던 녀석의 두 손 안에 내 머리가 안겨 있었다. 나는 서지도 눕지도 않은 어정쩡한 자세로 뻗었던 거다. 내가 기절한 시간은 1분도 채 안 됐던 것 같지만, 다시는 그런 짓 하지 않으리라 다짐했다. 기절 놀이는 반 애들 모두 돌아가며 해볼 정도로 유행이더니 어느 날부터 슬그머니 사라졌다.

찰나였는지도 모르지만 그 순간은 내게 길고도 영원 같았다. 어쩌면 죽음도 그렇지 않을까? 지금처럼 한치 앞도 알 수 없는 막막한 시공간을 헤매 다니는 것. 끝없는 안개 바다 같은…….

검은 명부

나는 아직 헤매고 있다.

거칠고 황량한 들판. 검푸른 하늘엔 조각달 하나 차갑게 떠 있다.

달 아래 하얗게 빛나는 문이 보인다.

딱딱한 유리 같기도 하고, 차가운 거울 같기도 하고, 단단한 바윗돌 같기도 하다.

만져 볼까? 왠지 무시무시하다.

거대한 문에 손을 대기만 하면 끔찍한 일이 벌어질 것 같다.

문이 먼저 무거운 소리를 내며 서서히 열린다.
나는 주저주저 문 안으로 한 발 들여놓는다.
누군가 내 머리를 홱 잡아챌 것 같다.
복도다. 높고 거대한 벽으로 둘러싸인 복도, 아니 골목인가?
지붕은 없다.
이 골목을 통과하면 지붕 없는 다른 골목이 또 기다린다.
하늘의 별이 보인다. 하늘 끝은 골목의 끝과 맞닿아 있다.
그러나…….
저 끝에서도 골목은 또 시작될 것이다.
꿈속에서 늘 그러니까. 이곳은 미로니까.
별빛이 희미하다. 새벽이 가까운 모양이다.
지쳤다. 오늘도 끝까지 못 갈 것 같다.
아니, 이 골목들은 끝이 없는지도 모르겠다.
"그만! 제발 끝내고 싶어!"
"뒤쪽으로 가."
메아리처럼 울리는 소리. 문신인가?
내 몸이 돌아간다. 미로 속 아이가 몸을 돌린다.
'어떻게 된 거야. 늘 헤매기만 하다 꿈에서 깼는데.'
눈보라가 몰아친다. 눈인 줄 알았더니 얼굴을 때리는 건 굵은 물방울. 눈을 뜰 수가 없다. 미로 골목은 지붕이 없다.
이번엔 시끄러운 바람 소리. 귀를 긁고 천지를 흔드는 소리. 얼어붙은 땅을 단단한 삽날로 긁어 대는 것 같다. 땅바닥이 둔탁하게 흔들린다. 미로 속 아이 앞에 깊은 동굴이 시커먼 입을 벌리고 기다린다.

"안 돼! 그쪽이 아니야. 돌아서! 돌아서라고!"

미로 속 아이가 아슬아슬하게 멈춘다. 내가 발을 멈춘다.

"왼쪽으로 가. 멈추지 말고 가!"

흑문도령이 아니다. 저건…… 저건…… 내 목소리…….

발이 무겁다. 바윗덩어리라도 매달린 것 같다.

막다른 길이다. 빠져나오자마자 골목들이 사라져 버린다.

미로를 벗어났다! 처음으로!

이제는 자갈밭이다. 땡볕 아래 뜨거운 돌멩이들이 발바닥을 찌른다. 저 앞엔 깎아지른 벼랑. 안개에 휩싸인 낭떠러지 아래가 아득하다. 스멀스멀 기어올라 내 몸을 휘감는 안개.

울고 있다. 누군가 울고 있다. 한 사람도 아니고, 두 사람도 아니고……. 아, 저 소리는 엄마 목소리? 엄마가 울고 있다. 아버지와 싸우고 엄마가 울고 있다.

"내가 어떡하면 되겠어?"

이건 아버지 목소리.

"미안해요. 하지만 나도 어쩔 수가 없어."

술도 먹지 않았는데 엄마가 운다. 엄마, 울지 마. 나는 엄마 우는 게 싫어. 내가 엄마한테 갈게.

축축한 냄새가 덮쳐 온다. 강이다. 검은 강물이 나를 부른다. 건너고 싶다. 강물 속에 빠져들고 싶다.

한 발 내딛는다. 강물 속에서 무언가 솟구친다. 섬뜩 물러난다. 입을 벌리지만 목소리가 나오지 않는다. 이쪽에서 쓰윽 올라오면 저쪽에서 휘익 물속으로 잠긴다. 머리카락 같기도 하고 물풀 같기도 한 게 잔뜩 엉켜 있기도 하고…….

"이리 와…… 이리 와……."

그 목소리가 아니다. 미로 밖에서 나한테 소리치던 내 목소리가 아니다. 음산하고 괴기스러운 소리들이 내 가슴을 쥐어짠다. 검은 강물 속에서 울려오는 소리들.

"어서 와. 착하지? 귀여운 아가야."

발이 저절로 움직인다. 물속에 들어갔는데 차지도 뜨겁지도 않다.

"캬캬캬, 걸려들었어! 또 한 놈 걸려들었어!"

내 주위를 빙 둘러싼다. 거미줄 같은 걸로 내 몸을 칭칭

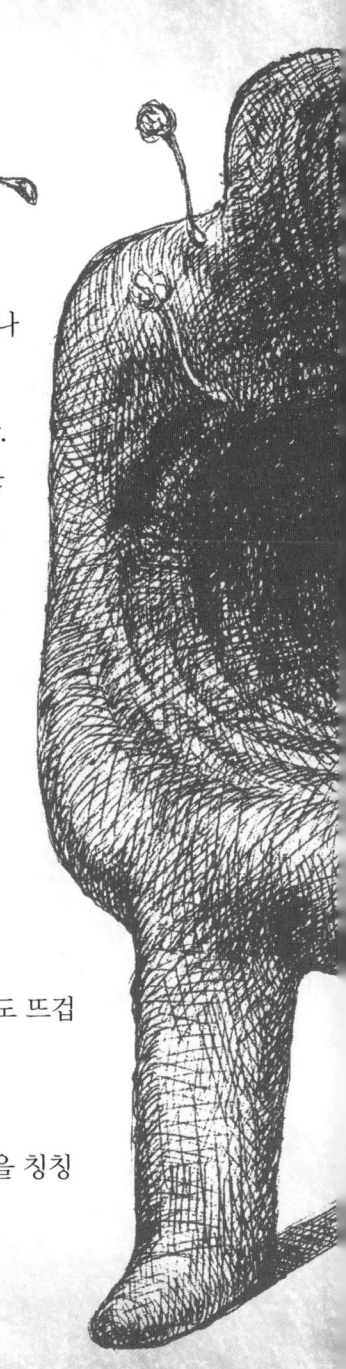

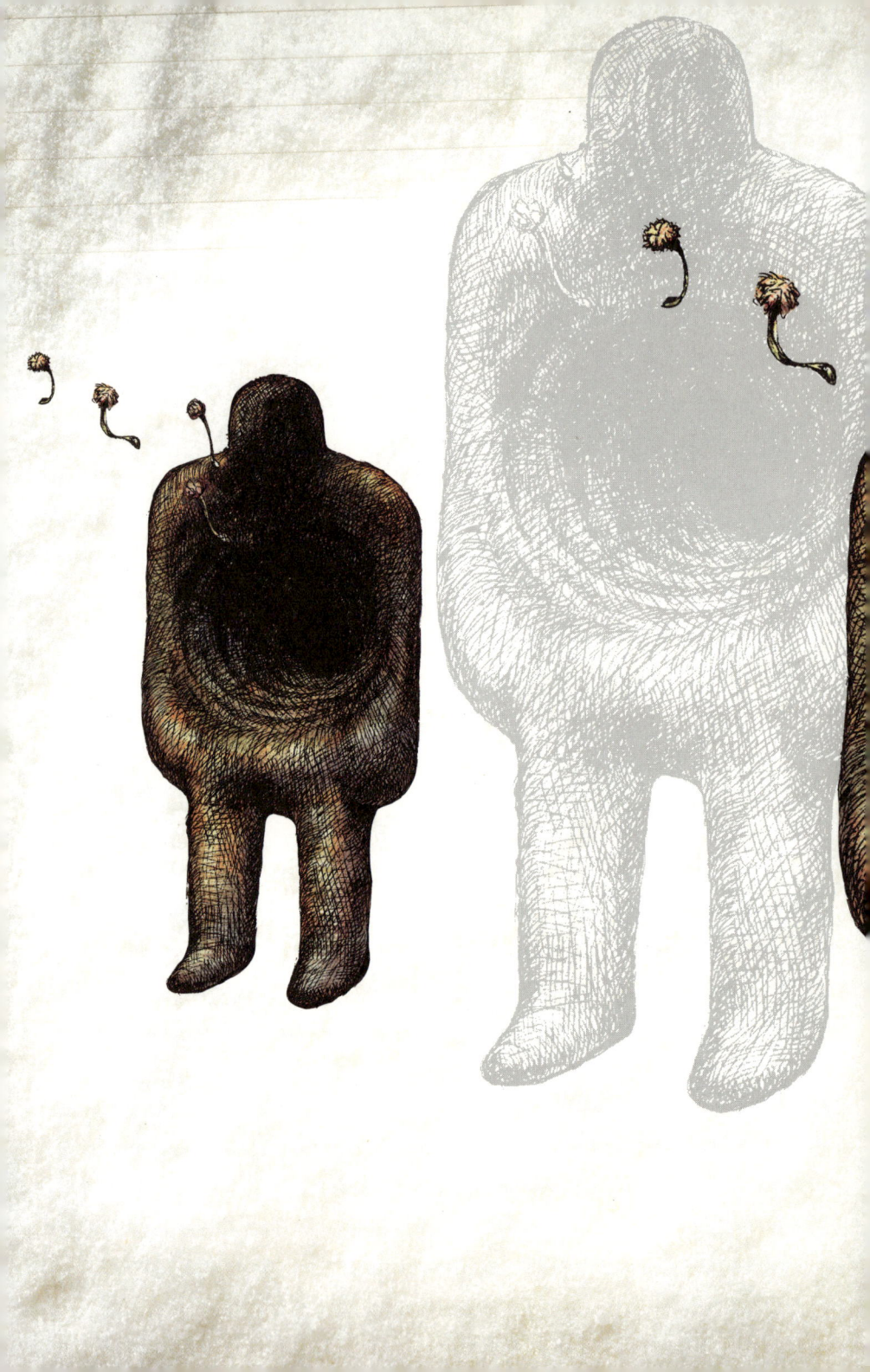

감는다. 이것들이 뭐지? 도대체 뭐야? 숨이 막힌다.

"그 아이를 놓아줘라!"

높고도 음습하고, 맑고도 차가운 목소리가 울린다.

"클클클, 저것이 또 나타났네. 재수 없이."

몸을 칭칭 감았던 줄이 스스르 풀리더니 그들이 사라진다.

어느새 나는 물 밖에 나와 있다. 짙은 어둠이 몰려들더니 크고 희미한 형체가 만들어진다. 커다란 그림자 하나 내 앞에 우뚝 서 있다. 이건 또 뭐야?

윤곽이 뚜렷하지 않은데 두 발로 서 있다. 어슴푸레한 얼굴 부위에서 커다란 두 눈이 나타나 반짝인다. 한 눈동자는 칠흑처럼 검고 다른 쪽은 유리처럼 맑다. 검은 눈은 끝없이 일렁이고, 맑은 눈은 고요하다.

"저퀴, 두억시니들이다. 명계 밖으로 끌고 가 구천을 떠돌게 만드는 악귀들. 잡혀가면 빠져나오지 못한다."

한마디 한마디가 뾰족한 화살촉처럼 내 몸에 와 박히는 것 같다.

"구해 주셔서…… 고맙습니다."

"네가 좋아 구해 준 게 아니다. 그가 돌아와야 이곳이 제자리를 찾을 테니 도와준 것뿐."

오싹하다. 한 치의 감정도 느껴지지 않는 목소리.

"누구세요?"

"문신."

"에? 문신이 또 있어요?"

"그는 지금 어디 있지?"

내 말은 아랑곳 않고 추궁하듯 묻는다. 음산하고 나를 뒤흔드는 어떤 힘이 깃들어 있는 말투.

"누구요?"

"명부 하나가 인간 세상으로 흘러가 문신이 찾으러 갔고 네가 그걸 주웠어."

"명부?"

그 말을 입에 올리는 순간 싸늘한 바람 한 줄기가 내 몸을 훑고 간다. 빛조차 들지 않는 캄캄한 동굴이 떠오르고, 동굴 바닥 어딘가 웅크리고 있는 검은 덩어리가 보인다.

"그게…… 뭔데요?"

"갖고 있었으면서도 모른다고?"

"검은…… 수첩…… 말인가요?"

"수첩이라……. 그걸 따라간 자는 어디 있지?"

"에? 그걸 내가 어떻게 알아요?"

그림자의 검은 눈이 알 수 없는 분노로 일렁거린다. 그런데도 맑은 눈은 한 치 흔들림도 없다. 고요한 호수처럼.

"명부를 찾았지만 돌아오지 못했지. 너 때문에."

"나 때문에?"

"자기 욕망을 절제할 수 있는 인간은 드물다. 저퀴나 두억시니한테 홀리는 것처럼 욕망에 홀려도 대책 안 서지. 검은 명부를 손에 넣는 순간 욕망에는 가속도가 붙고, 인간은 더더욱 그것을 제어하지 못한다. 중독되는 거야. 그러니 돌아올 수 없지."

알듯도 모를 듯도 한 이야기. 감히 물을 수가 없다. 그의 말투는 파고들 여지를 남기지 않는다.

"저어…… 나 때문에 못 돌아오는 게 맞아요?"

"우리 문신들은 서로 깊이 연결되어 있다. 인간 세상에 가 있는 그의 감정을 여기서 나도 느낀다. 그는 진작부터 불안해 했어. 너 때문에. 그동안 자신의 기를 너한테 너무 흘려줬어. 네가 돌려줘야 돌아올 수 있다."

그림자의 모습이며 목소리는 나를 몹시 주눅 들게 한다. 흑문도령은 이렇지 않았는데.

그가 어딘가를 가리킨다.

"저게 보이느냐? 문신이 돌아와야 명계로 들어갈 수 있는 혼령들이다."

희미한 물체들이 흐느적 흐느적 움직이고 있다. 이제까지 몰랐는데. 그리고 보니 황무지처럼 쓸쓸하고 황폐한 곳에 크고 작고 어두운 형체들이 숱하게 많다. 제자리에 박힌 돌 같은데 가만히 보면 흐릿하게 움직이고 있다.

"저것들이 혼이라고요? 사람의 혼?"

혼이 몸 밖에 나와 떠돌다 몸 안으로 돌아온다는 보사유인 법술에서도 저런 모습을 이야기한 적은 한 번도 없다. 저 실체 없는 그림자 같은 모습들이 혼이란 말이지?

"객귀. 떠도는 넋들이다. 문신이 길 안내를 해 주지 않으면 명계의 문을 통과하지 못해 떠돌 수밖에 없다. 객귀들은 인간 세상에서 저주와 재앙의 원인이 된다. 그러니 이제 그만 문신을 놓아줘!"

그림자가 돌아선다.

"잠깐만요!"

나도 모르게 그림자를 붙잡았다. 잡히는 게 없다. 그냥 허공이다. 그림자가 휙 사라져 버린다.

주변에 가득했던 형체들도 따라 없어진다. 어디로 가는 거지?

"잠깐만요! 물어볼 말이 남았어요! 이봐요!"

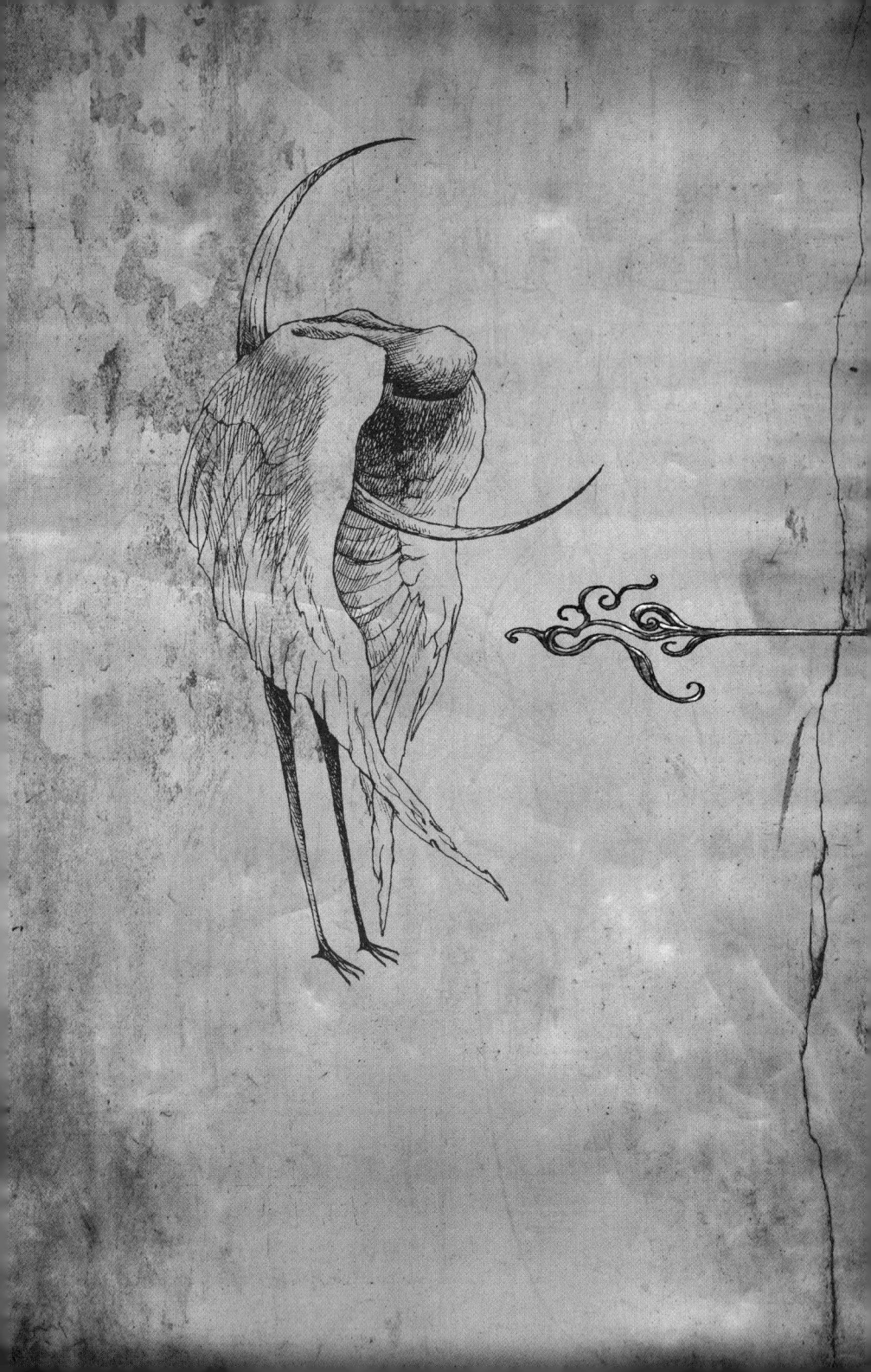

2부

사람의 기가 분노나 파괴 쪽으로 쏠릴 때는
엄청난 에너지를 번단다. 그걸 잘 다스리지
못하면 폭력이 되기도 해. 폭력은 가장 극단적인 방법이지만,
정작 문제 해결에는 도움 안 될 때가 많아.
분노와 파괴의 감정은 사람한테 에너지를 주기도 하지만,
사람을 파멸로 이끌 수도 있다는 거.
폭력에는 선도 악도 없는 거야. 그냥 폭력일 뿐이지.

마음에 빗장을 지르고

머리가 깨질 듯 아프다. 여기가 어딜까? 어? 엄마…….
 엄마가 내 머리맡에 앉아 있다. 저렇게 슬픈 눈으로 눈물이 그렁그렁해서.
 '그런 눈으로 보지 마. 내가 꼼짝할 수가 없잖아. 제발.'
 "정신이 드니?"
 "어디야?"
 "병원."

"병원에 왜 왔어?"

"사흘 동안 잠들어 있었어."

"내가?"

엄마가 고개를 끄덕였다. 몸을 일으키는데 머릿속이 띵하고 현기증이 났다. 속도 메스꺼웠다. 만져 보니 머리에 붕대가 둘둘 감겨 있다.

"이거 왜 이래?"

"찢어져서 꿰맸어. 돌에 맞은 상처가 꽤 깊었어."

그 말에 맞장구치듯 뒤통수가 욱신거렸다. 엄마가 재빨리 덧붙였다.

"잘 치료하면 괜찮을 거래."

여느 때와 달리 엄마가 또박또박 말했다. 얼굴빛은 여전히 창백했지만 눈동자는 또렷했다.

"엄마 술 안 마셨네."

엄마는 헤아리기 힘든 표정을 짓더니 고개를 가만가만 끄덕였다.

"좀더 노력해 볼 거야. 오늘이 사흘째야. 그동안 몇 번이나 끊으려고 했는데 잘 안 됐어."

저렇게 또랑또랑 말하는 게 얼마 만인가. 갑자기 생각이 났다.

"나 이제 어떻게 돼?"

엄마가 무슨 말이냐고 눈으로 물었다.

"나 감옥 가?"

"아, 아냐."

엄마는 당황해 하며 황급히 대답했다.

"다행히 그 애 상처가 심하지 않아. 살짝 긁힌 정도래."

"그럼 죽지 않았어?"

나도 모르게 소리를 꽥 질렀다. 엄마는 또 고개만 끄덕이더니 주저하며 말했다.

"그래도…… 퇴원해서 그냥 집으로 갈 수는 없어. 칼로 사람을 찌른 건 작은 일이 아니거든."

이번엔 내가 고개를 끄덕거렸다. 그래도 죽지 않았다니 얼마나 다행인지. 어두운 터널 속을 헤매다 한줄기 햇빛이라도 만난 기분. 목이 말랐다. 엄마가 물을 떠온다고 밖으로 나갔다. 속삭이듯 문신을 불러 보았다.

"흑문도령, 흑문도령."

대답이 없었다. 소리가 커졌다.

"문신!"

역시 대답은 없었다. 다른 침대에 있던 환자, 보호자들만 나를 돌아보았을 뿐.

'또 어디 갔을까? 아차, 수첩!'

엄마가 들어오자마자 다그쳤다.

"내 옷 어딨어?"

"옷은 왜?"

엄마는 벽에 붙은 장에서 교복을 꺼내 주었다. 주머니마다 뒤졌지만 먼지만 잡혔다.

"가방은 어딨어?"

"글쎄. 집에 있나?"

"빨리 가져 와! 빨리!"

내가 보채자 엄마는 집에 다녀온다고 나섰다. 뒤에 대고 연거푸 다짐했다.

"절대 열어 보지는 말고 그냥 들고 와. 알았지?"

엄마가 돌아오기까지 한 시간이 하루 같았다.

'없어졌으면 어쩌지? 누군가 내 가방을 열어 보고 신기하다고 수첩을 꺼내갔으면 어쩌지? 그래서 흑문도령이 그 사람 요구를 들어주느라 시달리다 점점 희미해져 영원히 자기 세상으로 갈 수 없게 돼 버리면?'

끔찍한 상상을 떨쳐 내느라 팔짱을 끼었다 풀었다, 일어났다 앉았다, 갈팡질팡 안절부절못했다. 생각보다 엄마는 빨리 돌아왔다. 하지만 엄마는 빈손이고 뒤에 아저씨 두 사람이 따라왔다. 아저씨들은

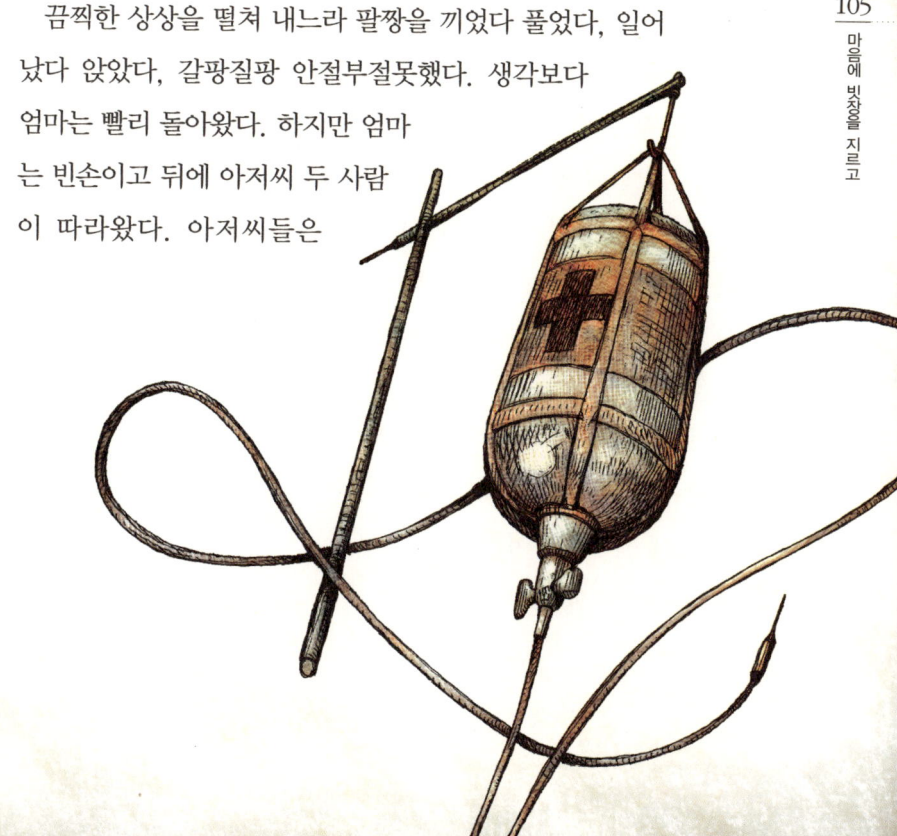

엉덩이를 살짝 덮는 짧고 하얀 가운을 입고 있었다.
"가방은?"
"병원에 오던 아버지 만난 김에 부탁했어. 너 혼자 두는 것도 마음 안 놓이고 해서. 저기…… 이 아저씨들을 따라가야 할 거 같은데……."

수첩 때문에 마음이 불편했지만 순순히 따라나섰다. 아저씨들은 병동을 나와 건물 여러 개를 지나쳐 갔다. 작업복을 입은 사람들이 건물 주변의 회양목이며 사철나무 가지들을 툭툭 잘라 내고 있었다. 나무들은 말끔해졌지만 몸에 맞지 않은 옷이라도 입은 것처럼 어색해 보였다.

아저씨들은 맨 뒤쪽 언덕배기에 있는 9층짜리 깔끔한 건물로 나를 데려갔다. 입구에 '신경정신과 병동'이라 쓰어 있다.

어떤 사람들이 이곳에 오는지 나도 안다. 맨 뒤에서 말없이 따라오는 엄마가 입원했던 곳도 이런 병원이었다. 내 머리가 어떻게 된 건 아닌지 알아보려고 날 여기 보낸 거다. 여기선 말을 조심해야 한다. 의사가 꼬치꼬치 캐물어도 절대 넘어가지 않으리라. 마음에 단단히 빗장을 질렀다.

대기실에서 기다리는 동안 테스트를 했다.
'나는 잘하는 게 하나도 없다.'
'성기에 뭔가 이상이 있다.'
'목욕하기를 싫어한다.'
……

이런 허접스러운 문항들이 4백여 개나 되었다. 건성건성 읽어 가며 닥치는 대로 동그라미와 가위표를 했다. 그나마 눈길을 끄는 항목도 있었다.

'나는 하늘이 내신 특별한 사람이다.' 동그라미!
'아주 기이하고 이상한 경험을 한 적이 있다.' 동그라미!
'누군가 내 마음을 조종할 때가 있다.' 동그라미!
'나는 영감을 받아 사명감을 갖고 살아가고 있다.' 동그라미!!

내 안에서 목소리가 울렸지만 무시하고 모조리 가위표를 했다.

큰 책상을 마주하고 앉은 남자 의사는 엄마보다 훨씬 젊어 보였다. 내 이름을 묻고 "반갑다." 하더니, 하고 싶은 말을 해 보라며 어떤 얘기든 들어줄 듯한 표정을 지었다.

머쓱했다. 차라리 좀 전처럼 글로 된 문항을 읽고 답하는 게 편할 것 같았다. 남과 얘기라는 걸 해본 게 언젠지. 마음속을 털어놓은 적은 있는지. 기억조차 나지 않았다. 요즘엔 가장 얘기를 많이 나눈 게 그나마 흑문도령이다.

'문신은 지금 어디 있는 걸까? 내게 오지 않을 때는 어디서 무얼 할까? 이제까지 그게 왜 궁금하지 않았지? 자기 세상으로 돌아가지 못한 신이 인간 세상에서 가 있을 만한 곳이 어딜까? 나 때문에 돌아가지 못했다고? 나 때문에······.'

눈에 티라도 들어간 것처럼 따끔거렸다. 눈을 깜박이다 의사와 눈이 마주쳤다. 의사의 안경 속 검은 눈이 나를 보며 웃었다.

"학교생활 이야기부터 해 볼까?"

할 얘기가 없었다. 특별히 생각나는 것도 없고.

내가 보기에 학교라는 곳은 공부 잘하는 아이들을 위한 곳이다. 중학교 입학한 지 얼마 안 되어 나는 그걸 알아 버렸다.

학기 초부터 아이들은 대충 세 부류로 갈렸다. 공부 잘하고 선생님한테 칭찬만 받는 '범생이' 부류, 공부를 잘하고는 싶지만 머리가 안 되거나 노력과 끈기가 부족한 '그저 그런' 부류, 공부고 점수고 인생 될 대로 되라는 '막가파'.

범생이들은 실수를 해도 선생님들이 슬쩍 넘어가 주지만, 공부도 못하는 놈—이땐 아이가 아니라 '놈'이다—이 잘못이라도 하면 각오해야 한다. 1학년도 끝나갈 무렵 그걸 또 한 번 뼈저리게 깨달았다.

반 우등생이던 녀석과 사소한 시비가 붙어 주먹질을 했는데, 담임은 화를 내며 내 머리를 출석부로 갈기더니 그 애한테는 "너마저도 이런 행동으로 날 실망시키니?" 하는 걸로 끝냈다. 우리들과 첫인사 할 때 "공부나 성적은 사람의 가치를 판단하는 기준이 아니다. 각자 자기만의 가치를 찾아 1년간 열심히 노력하자."고 말했던 사람이다.

그런 차별의 달콤함이라도 있어 범생이들은 학교 다닐 맛이 날지도 모르겠다. 그러나 나머지 두 부류 아이들은 왜 가방 메고 왔다 갔다 하는 건지 알 수가 없다. 하긴 나 역시 처음엔 어느 구석에 박혔는지 몰랐을 그저 그런 놈 중 하나였을 테지. 그러나 정일중 여학생을 도운 일로 유명해졌고 단박에 막가파 대열에 포함되었다. 이번에 더욱 요주의 인물이 되었겠지.

이런 지경이니 학교생활에 대해 미주알고주알 하고 싶은 말이 있을 턱이 없다.

"그럼 친구들에 대한 건?"

친구는 무슨. 초등학교 때도, 중학교에 들어와서도 늘 혼자였다. 나와 어울리고 싶어 하는 놈도 없었고, 나도 친구 같은 거 필요하지 않았다.

내가 쭈뼛쭈뼛 다리만 흔들고 있으니까 의사가 "아직 마음의 준비가 덜 된 모양이구나. 오늘은 그만 가고 내일 다시 와라. 내일부터는 네 얘기를 해 줘야 한다. 꼭이다." 하고는 내보냈다. 나는 속으로만 대답했다.

'쉽지 않을 걸요.'

돌아오는 길 신경정신과 병동 옆부터 건물 뒤로 넓게 펼쳐진 잔디밭을 보았다. 언덕배기에서 저 아래 평지까지 길게 이어졌고, 한가운데로 보도블록 깔린 길이 지나고 있다. 노란 물이 들기 시작한 잔디풀이 해맑은 하늘 아래 물결처럼 일렁거렸다.

"아버지 올 때 됐어?"

"아직 더 있어야 할 걸."

"그럼 저기서 놀다 가도 돼?"

엄마가 고개를 끄덕였다. 잔디밭으로 달려가 몸을 쭉 깔고 누웠다. 이리 뒹굴, 저리 뒹굴 하니까 축축한 흙냄새와 풀 냄새가 코를 간질였다. 눈을 감고 냄새를 한껏 들이마셨다. 만날 흙만 날리는 학교 운동장도 이런 잔디밭이면 얼마나 좋을까. 그러면 학교 가기가 덜 싫을 텐데.

엄마 목소리가 아련히 들렸다.

"매점에 가서 마실 것 좀 사 올게."

"엄마가 참 예쁘시다."

눈을 번쩍 떴다. 햇빛 때문에 눈이 부셨다. 환한 빛 속에 어떤 사람 하나가 앉아 있었다. 멀어져 가는 엄마의 뒷모습을 눈으로 좇고 있었다.

나는 벌떡 일어나 앉았다. 처음엔 아저씬 줄 알았다. 다시 보니 훨씬 어려 보였다. 고등학생 정도? 내 또래? 도대체 나이를 가늠할 수 없는 얼굴.

키는 나보다 머리 하나만큼 더 큰데 몸은 엄청 가늘다. 다리통이 내 다리의 반 정도밖에 되지 않는다. 핏줄이 다 비칠듯 창백한 얼굴에 검은 뿔테 안경 속의 눈이 참 크다. 어디선가 본 듯한 얼굴인데 기억이 나질 않았다.

　"우리 엄마도 저렇게 예뻤는데. 지금은 죽어 버렸지만."

　괜스레 마음이 싸아 했다. 그 사람은 오래된 아픈 기억이라도 떠오른 표정이었지만 이내 얼굴빛이 달라졌다.

　"머리 붕대가 꼭 터번 같다."

　나는 씩 웃고 말았다.

　"너는 무슨 일로 이 병동에 왔니?"

　"칼로 사람을 찔렀어요."

　뱉어 놓고 나도 놀랐다. 손으로 내 입을 쥐어박았다.

　'잔디 탓이야. 바람 탓이야. 자기 엄마가 죽었다는 말만 안 했어도.'

　"그래? 나도 사람을 참 많이 때려줬는데."

　"에? 아저…… 형이요?"

　의외였다. 저런 얼굴로, 바람에 날려갈 듯한 저런 몸으로 사람을 때렸다고? 얻어맞지나 않았으면 다행이겠다. 풋, 웃음이 나오려 했다. 어쨌든 나보다 훨씬 크니 형이라 해도 되겠지.

　"왜, 믿기지 않니? 나도 예전엔 힘이 무척 셌다. 다 문신 덕분이었지만."

　순간 내 귀를 의심했다. 머리에 감은 붕대 때문에 환청을 들은 건 아닌가 싶었다.

"지, 지금 뭐라고 했어요?"

형이 안 그래도 큰 눈을 더 둥그렇게 떴다.

"지금 분명히 문신이라고 했지요? 형도 흑문도령을 만났단 말이에요?"

"뭐? 아닌데, 그런 이름."

"흑문도령이 아니라고요? 그럼?"

"흑수문장이야."

"에? 그럼 검은 수첩은?"

"무슨 수첩? 난 수첩 같은 거 안 키워. 별로 기록하고 싶은 것도 없고."

"그럼 아니에요. 사람을 찾아온 문신은 흑문도령이고, 검은 수첩이 있어야 해요."

"맞아!"

"아니라니까요!"

별안간 오른쪽 뺨에 엄청난 충격이 왔다. 무슨 일인지 깨닫기도 전에 목이 갑갑해졌다.

"왜 내 말을 안 믿는 거냐! 왜 믿질 않느냐고!"

캑캑 숨이 막혔다. 내 목을 조이는 손을 떼 내려고 필사적으로 발버둥 쳤다. 기절 놀이 때처럼 주변의 소리가 멀어져 갔다.

'제발 놓아줘……'

뛰어오는 발소리가 아득하게 들렸다. 어르고 달래는 소리도.

"이제 그만! 어서 이 손 놔! 어서!"

목이 조금씩 편해지더니 겨우 놓여났다. 기침이 쏟아졌다. 머릿속에서 공기 방울 같은 게 수없이 터져 나갔다. 정신을 차린 뒤 둘러보니 아무도 없었다.
"왜 그래? 어디 아프니?"
엄마가 와서 날 살폈지만 아무 말도 할 수 없었다.

잉여현실

 유리창으로 비쳐든 햇빛이 허공에서 춤을 추듯 흔들렸다. 병실 안의 먼지들이 햇빛을 쫓아 뱅글뱅글 돌았다. 마음이 영 불안했다.
 아버지가 오지 않았다. 어제 가방을 챙겨 병원에 오는 도중 급한 연락을 받은 모양이었다. 갑자기 부산에 내려간다고 며칠 걸릴 거라 했다.
 "수첩은 잘 있을 거야. 무슨 일이야 있을라고."
 애써 마음을 다독거렸다. 그렇다고 끄덕이는 것처럼 햇빛이 만든 먼지 그림자가 어른어른 흔들렸다. 똑똑 문 두드리는 소리가 나더니 하얀 가운 아저씨들이 들어왔다.

'그 사람에 대해 한번 물어볼까?'

신경정신과 병동에 도착할 때까지 망설이다 말았다.

"오늘도 아무 말 안할 거니? 그럼 내가 먼저 시작할까?"

"그보다, 저어…… 여쭈어 볼 게 있는데요."

의사 눈에 호기심이 어렸다.

"어제, 잔디밭에서 누굴 만났는데요……."

말문이 막혔다. 그 형이 누군지 설명할 길이 없었다. 뭘, 어떻게 물어봐야 할지도. 의사는 차분히 내 말을 기다리고 있었다.

"아, 아니에요."

탐색이라도 하듯 내 눈을 들여다보는 의사 표정이 복잡해졌다. 가까이서 보니 눈 속에는 정말 많은 게 담겨 있구나 싶었다. 내게 묻고 싶은 이야기, 하고 싶은 말들이 검은 눈동자 안에 가득 들어 있는 것 같았다. 의사는 엉뚱한 질문을 했다.

"친한 친구가 있니?"

"친구 따위 필요 없어요."

"학교생활은 재미있니?"

"재미있을 턱이 있나요? 학교는 범생이들을 위한 곳인데."

"그럼 무얼 할 때가 즐겁니?"

"나쁜 놈 혼내 줄 때, 맘에 안 드는 선생 골탕 먹일 때, 무협지나 판타지 소설 읽을 때."

건성으로 대답하던 내 눈에 벽에 붙은 종이가 띄었다.

psychodrama. 저녁 7시. 8층 회의실

"저건 뭐예요?"

"사이코드라마. 왜, 관심 있어?"

정신 질환자 치료에 연극적인 방법을 이용하는 거라는 정도는 나도 알고 있다.

"연극 같은 거 한 번 해 본다고 사람이 달라지나요?"

"마음속에 억누르기만 했던 걸 실컷 풀어놓게는 되지. 그러면서 마음의 해방감도 경험하게 되고. 작고 희미한 해방감일 수도 있지만 치료에는 많은 도움이 되지."

"카타르시스라고 말하는 그런 건가요?"

"똑똑하네. 그런 어려운 말도 다 알고."

나는 어깨만 으쓱했다. 판타지 소설에 나온 말이다.

"다른 사람 역할 연습을 하면서 내 행동을 돌아보고, 바로잡을 점을 자연스레 알게 되기도 하지."

그렇게까지? 싶었지만 한 번도 본 적 없는 사이코드라마라는 게 궁금해졌다.

"가 봐도 돼요?"

"그럴걸. 가능하면 참가도 해 봐라."

대답하지 않았다. 그건 그때 가서 생각할 일이니까.

장소는 금방 찾았다. 승강기를 타고 아래로 추락하는 상상을 하다 내리니 꿈속처럼 눈앞에 회의실 팻말이 보였다.

회의실은 꼭 학교 교실만 했다. 한 귀퉁이에 무대로 보이는 단이 있고, 무대에서 멀찍이 떨어져 걸상들이 놓여 있다. 걸상에는 열 명 남짓 사람들이 앉아 있었는데 한둘 빼고는 나를 돌아보지도 않았다.

내 또래 중학생은 나밖에 없는 듯했다. 그 속에서 낯익은 얼굴을 보았다. 흐릿한 불빛 탓에 확실하진 않지만 잔디밭에서 만난 형 같았다. 눈을 바닥으로 내리깐 채 묵묵히 생각에 잠겨 있었다. 나는 그 옆자리에 가 앉았다. 의사 가운 입은 여자가 일어서더니 무대로 나갔다.

"그럼 시작해 볼까요? 조명을 켜 주세요."

흐릿한 불마저 꺼지고 어둠에 잠기자 옆에서 침 삼키는 소리가 들렸다. 곧이어 천장에서 좁은 원을 그리며 의사 머리 위로 불빛이 내려왔다. 노란 불빛 탓인지 말하는 의사 얼굴에서 노란빛이 흩뿌려지는 것 같았다.

"여기 빈 의자가 하나 있지요."

그러고 보니 무대 가운데에 걸상이 하나 놓여 있다.

"이 의자에 지금 누군가 앉아 있어요. 여러분에게 아주 중요한 사람입니다. 그 사람을 눈으로 그려 보세요. 선명히 떠오르면, 어떤 옷을 입었고 무얼 하고 있고 또 무엇을 생각하고 있을지 상상해

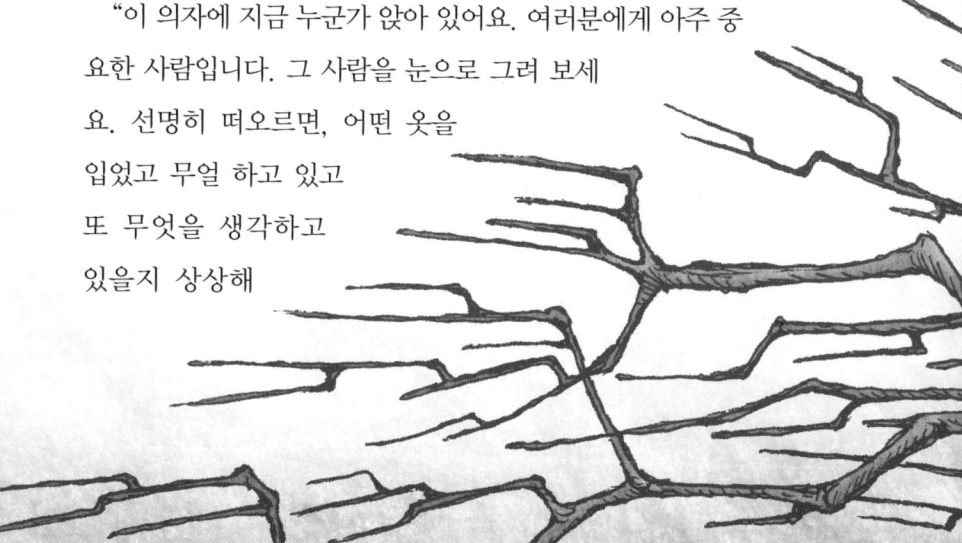

보세요. 모두 다 떠올렸으면 손을 드세요."

잠시 정적이 이어졌다. 회의실 안은 바늘 떨어지는 소리라도 들릴 만큼 고요했다.

내 앞에서 손이 올라갔다. 그 옆 사람도 올렸다. 잠시 후 옆 자리 형의 손도 올라가는 게 보였다. 나도 손을 들까 말까 망설이고 있는데 의사가 형을 가리켰다.

"나와 보세요."

형은 깜짝 놀란 듯 몸을 부르르 떨었다. 의사가 고개를 끄덕거리자 머뭇머뭇 앞으로 나갔다.

"이름이 뭐죠?"

"내 이름은…… 완수입니다. 완전할 완, 빼어날 수. 아버지가 지어주셨어요."

형은 시선을 허공에 둔 채 기계적으로 대답했다.

"의자에 앉아 있는 사람이 누구죠?"

"……아버지요."

"아버지는 어떤 옷을 입었나요?"

"흰 와이셔츠, 자주색 줄무늬 넥타이, 회색 양복."

"좋아요. 아버지는 지금 무얼 하고 있나요?"

"……."

"아버지 직업은 뭐지요?"

"대학…… 교수님요."

그 말을 할 때 형이 어깨를 움칫하는 거 같았다. 의사가 재빨리 물었다.

"의자에 앉아 있는 아버지한테 하고 싶은 말이 있나요? '나는'이라는 말로 시작해서 해 보세요."

"나는…… 나는……."

한참 더듬거리는 동안 의사는 참을성 있게 기다렸다.

"나는…… 아버지 앞에만 가면 쪼그라들어요. 아버지는…… 거인이에요. 기를 쓰고 올라가도…… 올라가도, 기껏…… 아버지의 허리께……. 아버지 심장에서는 차가운 바람만…… 몰아쳐요……."

말하는 얼굴에 언뜻 냉소가 스쳐 갔다 느낀 건 나뿐이었을까?

"잠깐!"

수렁 속으로 빠져 들려는 형을 제지하듯 의사가 날카롭게 말했다.

"완수 군. 지금부터 당신을 도울 보조자로 선택하고 싶은 사람이 이 안에 있나요?"

방 안을 둘러보던 완수 형 눈이 나한테 와 멎었다. 가슴이 뜨끔했다. 그러나 형은 무심히 눈길을 거두고 고개를 흔들었다.

"그러면 한 분 자원하시죠. 보조 진행자 역할을 할 분?"

서로 눈치를 보며 힐끗거리는데 한 사람이 손을 들었다. 젊은 남자다. 저 의사처럼 전문적인 훈련을 받은 사람일 거라고 짐작했다. 남자가 무대로 나오자 의사가 계속 진행했다.

"당신은 완수 군의 아버지입니다. 의자에 앉으세요. 완수 군! 이제부터는 아버지한테 직접 이야기해 보세요."

"아버지……."

형이 남자를 바라보며 중얼거리고는 얼굴을 돌려 버렸다. 틈을 놓칠세라 의사가 말했다.
"괜찮아요. 지금은 무슨 이야기를 해도 괜찮아요. 이 의자가 그 말을 다 삼켜 버릴 거예요."
형은 고개를 다시 남자 쪽으로 돌렸다가 아래로 떨어뜨렸다. 의사가 손으로 재촉했다.
"무슨 이야기든 괜찮다니까요."
천천히 얼굴을 들더니 형이 한참 만에 입을 열었다. 몸만 여기에 있고 혼은 빠져나간 사람처럼 눈빛이 멍했다.
"아버지는……, 한 번도 물러난 적이 없죠. 물러나는 건 언제나 저였죠. 한 번만 아버지가 물러나는 걸 보고 싶어요. 태풍이 온다 해도 아버지의 울타리는 절대 무너지지 않을 거예요. 아들을 위해 조용히, 한 번만 물러선다면, 당신 아들은 당신 앞에 가만히 쓰러질 텐데. 당신 앞에서 아들은 언제나 난쟁이일 뿐인데."
웅얼웅얼 마치 교과서에 실린 어려운 시를 읊고 있는 것 같았다.

의사가 못 참겠는지 참견을 했다.
"완수 군! 빙빙 돌리지 말고, 하고 싶은 말을 좀더 분명히 해 봐요. 오늘 아버지는 무슨 이야기든 다 들어줄 거예요! 준비가 되어 있다고요!"
형은 그래도 머뭇거리기만 했다.

"내가 좀 도울까요?"

의사는 걸상 하나를 보조 진행자 옆에 갖다 놓고는 완수 형을 앉혔다.

"여기 앉으세요. 나는 지금부터 완수 군의 마음이에요. 완수 군이 하고 싶지만 못하는 말을 마음이 대신할 거예요. 마음이 잘못 말하는 게 있으면 완수 군이 고쳐 주세요."

보조 진행자 옆으로 옮겨 간 의사는 남자를 보고 말하기 시작했다.

"나는 아버지가 어려웠어요. 아버지 앞에만 가면 주눅이 들었어요."

완수 형의 눈이 멍하니 의사를 바라보았다. 의사는 한마디 한마디 또박또박 말했다.

"아버지 마음에 들려고 기를 쓰고 매달렸지만 잘 되지 않았어요. 아버진 나한테 실수할 기회를 주지 않았어요. 뭐든 잘해야 했고, 뭐든 완벽해야 했어요. 너무 엄격한 아버지 때문에 숨이 막힐 거 같았어요."

"……."

"형도 누나도 공부 잘하는데 나만 못하니까, 둘 다 모범생이고 칭찬만 듣는데 나는 그러지 못하니까 내가 더 미웠던 거죠?"

"그런 건 중요하지 않아요!"

완수 형이 갑자기 소리를 버럭 질렀다. 눈에 초점이 돌아왔다.

"날, 벌레 보듯 했어요! 하나밖에 없는 친구도 못 만나게 했다구요!"

소리치는데 상체가 꿈틀거렸다. 숨결이 거칠어지고 눈빛도 이글거렸다.

"내 친구가 질이 나쁘다고요? 그 애가 체육 선생님한테 맞았을 때도, 어찌 됐든 학생이 선생님한테 대든 건 잘못이라고 아버진 잘라 말했죠? 학생은 그저 공부만 얌전히 하면 되는 거라고. 선생님 잘못인데, 이유 없는 기합에 친구는 항의했을 뿐인데, 아버지는 그렇게 말했죠. 난 그 용기가 부러워 죽겠는데, 아버지는 오히려 내가 걔처럼 될까 봐 걱정하셨죠? 다른 애들한테 그 애가 죽도록 맞았을 때도, 나하고 친하다는 게 들통날까 봐 벌벌 떨었죠? 그 앨 전학 보내고 이 일을 접자고 학교에 설득하셨고요. 어쩜 그렇게 훌륭한 일만 하실까요? 대단하신 우리 아버지!"

형은 화살 맞은 짐승처럼 울부짖었다. 두 주먹과 어깨가 바들바들 떨렸다. 나는 저러다 어떻게 되는 건 아닌지 걱정스러웠지만 의사는 제지하지 않았다.

"그 애는 내게 유일한 친구였어요. 중학교에서 마음을 터놓은 단 한 명. 그런 친구와 인연을 끊게 하셨죠. 모질게도! 아버지는 그런 사람이었어요!"

형은 보조 진행자를 노려보았다. 붉은색 조명 불빛 때문에 눈에서 피눈물이 흐르는 거 같았다. 불빛이 바뀌는 것도 몰랐을 만큼 나는 빠져 있었다.

그때 보조 진행자 역할을 맡은 남자가 처음으로 입을 열었다.

"하지만 완수야. 애비 마음도 이해해 주렴. 네가 질 나쁜 친구와 놀면서 나쁜 물이라도 들까 봐 걱정이었어. 네가 얼마나 착하고 얌전한 모범생이었니? 그런데 그 친구를 사귀고부터 변해 버렸잖니."

남자가 말을 하면서 자리에서 일어나 완수 형에게 다가갔다.

"수업 시간에 한눈 한 번 안 팔던 네가 선생님한테 지적 받기 일쑤고, 성적은 곤두박질치고. 어떤 아버지가 그런 아들을 내버려둔단 말이냐. 그 애만 해도 그래. 학생이 공부는 뒷전이고, 폭력 사건에 관련되질 않나. 그런 녀석과 놀아나는 걸 애비가 돼서 보고만 있으란 말이냐?"

남자가 슬그머니 완수 형의 손을 잡았다. 형은 흠칫 놀라더니 입술을 앙다물고는 기어이 잡힌 손을 빼냈다.

"웃기지 말아요! 아버지는 항상 그랬어! 언제나 아버지는 옳고, 난 틀렸지. 한 번도 내 얘길 제대로 들어준 적이 없어! 엄마도 아버지 앞에서는 숨도 잘 못 쉬었던 걸 알기나 해요? 몸도 약한 엄마가 아버지 눈치 보느라 얼마나 힘들었을지 짐작이나 하냐고요?"

완수 형 얼굴이 참담하게 일그러졌다. 붉은 불빛 탓에 더 처절해 보이는지도 몰랐다. 나도 모르게 심호흡을 했다. 분위기를 바꾸려는 듯 의사가 끼어들었다.

"자, 이제 역할을 한번 바꿔 볼까요? 이제부터는 아버지가 완수가 되고, 완수 군은 아버지가 되는 겁니다."

형은 불에라도 덴 듯 질겁을 했다.

"싫어! 아버지는 되고 싶지 않아! 난 저런 사람 되고 싶지 않아요! 대학생을 가르친다는 사람이, 아들 가방을 뒤지고 일기장을 훔쳐봐? 착하고 공부 잘하던 우리 아이를 잡아먹고 들어앉은 악마 새끼가 누군지 알아보려 그랬다고? 나 같은 놈은 형, 누나 발바닥이나 핥으라고? 나더러 저런 아버지가 되라고?"

"그래도 딱 한 번만 아버지 역할을 해 보세요. 생각지 못한 걸 느끼게 될 거예요."

"싫어! 싫다구요! 난 죽을 때까지 일기 따위 쓰지 않아! 다시는 기록 같은 거 안 한다고! 아버지란 사람은 내게서 글 쓰는 즐거움까지 빼앗아 갔어!"

고통스럽게 소리치던 형의 표정이 갑자기 침울해졌다. 급작스런 변화에 나도 놀랐다. 가슴 아픈 기억이라도 떠올랐는지, 허전하고 서글픈 눈빛으로 바뀌고 어깨도 축 늘어졌다.

"엄마가 죽었을 때도 그래. 복도에 그렇게 오래 앉아 기다렸는데 의사는 나와서 딱 한마디 하고 가 버렸지. 뭐, 고인의 명복을 빕니다? 쳇! 웃기지 말라고 해! 그때도 당신은……"
　형은 고개를 돌려 보조 진행자를 잡아먹을 듯 노려보았다.
　"아무 말 없이 사라져 버렸지! 5분도 안 돼 엄마는 침대 채로 끌려 나왔는데. 뭐가 어째? 영안실로 가야 한다고? 승강기에 마구잡이로 밀어넣고는……."
　"저, 완수! 완수 군!"
　의사가 다급하게 불렀지만 완수 형은 아랑곳하지 않았다. 아니, 듣지 못하는 것 같았다.
　"영화도 아닌데. 사람이 죽었는데, 지금까지 숨쉬던 목숨이 막 떠나갔는데 이렇게 냉정할 수 있는 거야! 엄마가 죽었는데, 엄마가 가 버렸는데 여전히 그대로야! 아버지도 그대로고. 엄마는 이렇게 잊혀져 버리고……. 시간만 가는 거야…… 그냥 이렇게……. 다 미워! 밉다고! 어?"
　브레이크 고장 난 차처럼 멈추지 않던 말이 뚝 끊어졌다. 붉은 불빛 아래 커다란 눈동자가 희번덕거렸다.
　"왔어! 또 왔어! 날 데려가려고!"
　"완수 군! 이제 됐어요. 그만해요."
　"싫어! 날 데려가지 마! 나를 놓아 달라고!"
　완수 형이 몸을 비틀며 가리키는 곳을 돌아보았다. 아까는 못 보았는데 뒷벽에, 그러니까 완수 형이 바라보는 정면에 거울이 하나 걸려 있었다. 거울을 노려보며 완수 형은 부들부들 떨었다. 의사가 그 어깨에 손을 얹으며 달랬다.

"알았어요. 완수 군. 진정해요."
 나는 참지 못하고 소리를 꽥 질렀다.
 "저기 온 게 누구예요? 말해 봐요!"
 완수 형의 텅 빈 눈동자가 나를 향했다. 형의 입이 천천히 벌어졌다. 목소리는 나오지 않았지만 나는 그 말을 알아들었다.
 "흑. 수. 문. 장."
 "자, 오늘은 이걸로 마칩니다. 모두 자기 병실로 돌아가세요."
 하얀 가운 남자 둘이 넋이 나간 듯한 완수 형을 부축해 먼저 빠져나갔다. 누군가 숨죽여 묻는 소리가 들렸다.
 "저렇게 되면 역효과는 아닐까요?"
 "주인공이 잉여현실에 너무 깊이 들어갔어요. 들어가는 것까진 좋은데 거기서 빠져나오지를 못하네요. 그래도 한 번은 거쳐야만 해요."
 의사가 조그맣게 속삭였다.
 태풍이 한바탕 쓸고 간 곳을 떠나는 심정으로 몸을 돌렸다. 밖으로 나오기 전에 거울 앞에 멈춰 섰다. 상반신이

그대로 비치는 평범한 거울이었다. 하지만 무언가를 보여 주고 싶어 하는 기괴한 기운이 스며 있는 것처럼 느껴졌다.

텔레텔레 1층으로 내려왔다. 문간으로 나가려는데 복도 끝에 내 가슴 높이의 탁자가 눈에 띄었다. 아까는 보지 못했는데, 탁자 위에는 두꺼운 책이 펼쳐져 있었다. 의학 백과사전이다. 머릿속에 남아 있는 네 글자를 찾아보았다.

잉여현실(surplus reality) : 충분히 표현되지 않은 무형의 정신세계의 현실이며 상상에 의해 변형, 축소, 확대된 현실이다.

"뭐가 이렇게 어려워."
투덜대며 외계인의 언어 같은 내용을 한참 더듬어 갔다. 다음 쪽에 가서야 그나마 알아먹을 만한 글귀를 발견했다.

……특히 정신분석학자 M. R. N.은 아이들과 정신 질환자들이 생산해 내는 환상 현실을 잉여현실이라 부르고, 환자와 함께 이 잉여현실에서 살지 않으면 그의 정신세계를 온전히 만날 수 없음을 알았다. 잉여현실은 나누어질 때에만 의미를 갖는다……

"도대체 뭔 소린지."
헷갈리긴 하지만 알 듯 말 듯한 문구들을 꿰맞춰 보면, 그러니까 어려운 말로 흑수문장은 완수 형의 '잉여현실'이라는 것 같았다. 그럼 흑문도령은 내 잉여현실?

　잉여현실이란 말이 썩 맘에 들진 않지만, 누구도 완수 형을 이해하기는 힘들 거라는 얘기가 아닐까 싶었다. 완수 형의 잉여현실과 만나야 하니까. 그렇다면 그걸 나눌 수 있는 건…….

　"나밖에 없지."

흑문도령과 흑수문장

　다음날 신경정신과 병동에 가는 길, 눈이 잔디밭으로 먼저 갔다. 아, 있다! 그 형이 잔디 속에 꿈꾸는 사람처럼 앉아 있었다. 나도 모르게 그쪽으로 돌아가는 내 몸을 하얀 가운 아저씨가 막았다. 할 수 없이 걸음을 옮기면서도 눈을 떼지 못했다. 저 형은 몇 시간이고 저렇게 앉아 있을 것 같았다.
　의사가 묻는 말에 고분고분 대답도 하고, 듣고 싶어 하는 이야기도 웬만큼 풀어놓았다. 그래야 빨리 내보내 줄 테니까.

지루하고 따분한 학교, 범생이와 날라리들, 소위 문제아라고 찍힌 아이들, 문제아 지도를 필생의 사명으로 여기는 생활지도 부장…….

이상했다. 한 번 말을 시작하니까 뒷이야기들이 술술 흘러나왔다. 눈은 끊임없이 벽에 붙은 시계를 올려다보았지만.

"지난번 시험 치를 때는요. 1교시에 생활 부장 샘이 감독으로 들어왔거든요. 온갖 똥폼 다 잡고, 책상 줄도 다시 맞추게 하고, 서랍 속 책도 다 꺼내 놓게 하고, 자세 똑바로 하라 하고, 군기 팍팍 잡아서 애들이 숨도 제대로 못 쉬었거든요. 열라 긴장해서 다들 고개도 못 들고 시험지에만 처박고 있었는데요. 내가 슬쩍 쳐다봤지요. 그랬더니 글쎄, 뭐 하고 있는 줄 알아요? 엠피쓰리를 귀에 꽂고는 머리를 건들건들 흔들고 있는 거예요. 순 엽기 아녜요?"

"재밌는 분이네."

"재밌긴요. 완전 또라이지. 그 엠피쓰리는 어디서 난 건 줄 아세요? 3학년 학생한테 뺏은 거래요. 복도에서 듣고 다녔다고."

의사가 쿡쿡 웃음을 터뜨렸다.

"그 선생님 안에도 아이 같은 순수한 마음이 감춰져 있는 거 같은데?"

"말도 안 돼요. 선생님이 직접 겪어 보지 않아서 그래요. 난 생활 부장처럼 구는 애들도 밥맛이에요. 약한 애들 괜히 괴롭히고, 삥 뜯고, 폭력 쓰는 놈들은 특히…….'"

말하다 말고 입을 다물었다. 눈치를 살폈지만 의사는 아무 내색하지 않았다.

칼을 샀을 때 걱정하던 문신의 목소리가 들리는 것 같았다. 목에 가래라도 낀 것처럼 간질간질했다. 내가 큼큼 헛기침을 하자 의사가 말했다.

"오늘은 이만하자. 돌아가 쉬고 내일 또 만나자."

풀려나자마자 달렸다. 계단을 두어 칸씩 뛰어내렸다. 오늘은 엄마가 따라오지 않고 병실에 남아 있어 다행이었다. 날 따라오던 하얀 가운 아저씨도 문간에서 되돌아갔다.

완수 형은 그대로 앉아 있었다. 아까는 보지 못했는데 하얀 가운 둘이 잔디밭 한 귀퉁이 긴 의자에 앉아 형을 살피고 있었다. 지난번 내 목을 조르던 형을 데려간 것도 저 아저씨들이겠지.

형 곁에 가 털썩 주저앉았다. 잔디 풀들이 풀썩 누웠다 일어났다. 나를 돌아보는 눈이 안경 속에서 잠깐 커지는 듯했다.

"앉아도 되죠?"

형은 아무 반응 없이 고개만 제자리로 돌렸다. 바람이 가볍게 불고 갔다. 바람 소리에 섞여 중얼대는 소리를 겨우 알아들었다.

"사과한다. 지난번엔 나도 모르게 또 그랬어."

"괜찮아요."

정말로 괜찮다고 씩 웃었다. 목에 뻘건 손자국이 아직 남아 있지만 밉지 않았다. 고맙기도 했다. 덕분에 문신과 검은 수첩이 내게 준 힘의 정체를 알아낼 것도 같으니까.

긴 의자 쪽을 힐끗 돌아보고는 속삭였다.

"그래서 흑수문장은 어떻게 됐어요?"

"궁금해?"

"무척요."

형은 가늘게 한숨을 내쉬었다.

"······나도 모르겠어. 나는 보내고 싶은데, 그는 아닌가 봐. 어떨 땐 분명 가까이에 온 거 같은데 보이지 않기도 하고."

"원래는 보여요?"

"그럼. 안 보여?"

"어떻게 생겼는데요?"

"어떻게 생겼다고 할 수 있을까? ······시커먼 그림자 같은데 섬뜩한 두 눈이 보여. 한쪽 눈은 고요하고 한쪽 눈은 끊임없이 번뜩였던 거 같애."

"그 모습은······."

"나타날 때면 내 주변이 온통 마법에 걸리는 거 같아. 길이란 길은 모두 덮여 버리고, 내 앞은 어둠으로 무거워져. 난 자세히 보고 싶었지만 언제나 실패했어. 왼쪽에 있는가 하면 오른쪽에 있고, 앞에 있는가 하면 뒤에 있었어. 하지만 있어, 내 곁에. 그런데 믿질 않아. 다들 믿는 척하지만 아니야."

"난 믿어요."

완수 형이 나를 물끄러미 바라보았다. 굉장히 진지해 보이는 얼굴이다. 생각도 무척 많을 것 같고. 난 어색해서 말을 돌렸다.

"저기, 근데요. 그 친구는 어떻게 됐어요?"

"누구?"

"왜, 하나밖에 없는 친구였다고······."

형이 의아한 눈빛을 했다가 이내 고개를 끄덕였다.
"아, 그 애? 나도 몰라. 만난 적 없어. 학교 그만두면서 이사 가 버렸으니까."
"무슨 일이 있었는데요?"
"무슨 일? 무슨 일이 있었냐고?"
형의 눈에 여러 감정이 뒤섞였다. 복잡해진 그 눈동자 안에 내가 보였다. 터번처럼 붕대를 칭칭 감고 기대로 가득 찬 표정을 숨기지 않는.
형 눈동자 속의 나를 훔쳐보며 물었다.
"말해 줄 수 없어요?"
"얘기가 길어질 텐데."
"상관없어요. 나 시간 많거든요."
"······그래. 나도 오늘이 바깥바람 쐬는 마지막일 테니까."
"그게 무슨 말이에요?"
"어, 외출 금지야. 다시 저 9층 병동에서만 사는 거지. 마지막으로 바람 실컷 쐬는 중이야."
갑자기 바람이 강하게 불면서 가지런한 잔디 풀들을 한바탕 헝클어 놓고 갔다.
"그 애를 만난 건 중3 때야. 하루는 체육 시간 운동장 집합에 조금 늦었어. 전 시간 수업이 늦게 끝났거든. 그때 체육 선생님은 '탱크'란 별명처럼 머리도 크고 몸도 건장한 사람이었지. 말도 거칠고 아이들도 잘 때렸어. 미리 나와 기다리던 탱크 선생은 '이 쓰레기 같은 놈들! 시간 하나 딱딱 맞추지 못하는 녀석들은 학생 자격이 없다. 단체 기합이다! 지금부터 오리걸음 시작!'이라고 소리쳤지…… 너, 오리걸음 해 봤니?"

정신이 번쩍 들었다. 우리 학교 생활지도 부장을 떠올리던 참이었다.

"오리걸음은 아니지만 엎드려뻗쳐나 앉았다 일어났다 계속하는 건 해 봤어요."

학기 초, 과학 시간에 쪽지를 주고받다 걸린 두 놈 덕에 단체 기합을 받았다. 모두 운동장에 나가 손바닥으로 땅을 짚고 다리를 계단에 올린 채 엎드려뻗쳐를 했다. 못 버티고 하나 둘 쓰러지자 생활 부장은 제자리에서 앉았다 일어났다를 2백 번 시켰다. 앓는 소리에 우는 놈까지 있었다. 그때 정일중 여학생들이 교문 앞을 지나가다 우리를 한참 들여다보고 갔다. 나중에는 다리가 마비되고, 계단 오르는 데 힘줄이 당겨 죽는 줄 알았다.

"난 기분 나쁘고 억울했지만, 대들거나 항의할 생각은 해 보지도 못했어. 그런데 불쑥 나선 애가 있었어. 바로 그 친구."

"앞 시간 수업이 늦게 끝났습니다. 그래도 저희는 서둘러 나온 건데 선생님 말씀이 좀 심하신 거 아닙니까?"

"어? 어떻게 알았지, 걔가 그렇게 말한 걸?"

말해 놓고 나도 놀랐다. 나라면 그랬을 거라는 생각이 나도 모르게 입 밖으로 나와 버린 거였다. 나는 우물쭈물 얼버무렸다.

"누, 누구라도 그랬을 거 같은데요."

"아니, 난 못 그랬어. 아무도 한마디 못했는걸. 회장도 가만있었는데. 어쨌든 탱크 선생이 놀란 건 물론, 투덜투덜 오리걸음 시작하려던 애들 모두 조용해졌어."

순간 영화 필름이 돌아가듯 화면이 좌르륵 펼쳐졌다. 마치 예언자가 미래에 일어날 일을 얼핏 보는 것처럼 환각 같은 일이 일어났다. 놀랍고도 신기했다.

사이코드라마도 아닌데, 역할 바꾸기처럼 나는 완수 형의 친구가 되었다.

"너 뭐야! 이리 나와!"

내가 주춤주춤 앞으로 나서자 탱크 선생이 다짜고짜 뺨을 때린다.

"건방지게! 학생이면 선생님 시키는 대로 따를 것이지, 웬 말이 그리 많아!"

나는 손자국이 빨갛게 난 뺨을 문지르며 묻는다.

"제가 뭘 잘못했습니까?"

"그래도 이 자식이!"

반대쪽 뺨에 또 불이 난다.

"너 뭐하는 놈이야! 대가리에 피도 안 마른 녀석이 꼬박꼬박 어디서 말대꾸야! 싸가지 없게."

나는 몸을 돌려 교문 밖으로 나와 버린다.

'뺨은 자존심의 상징 같은 곳 아닌가?'

얼굴이 달아올랐다. 정말 내가 뺨이라도 맞은 것 같았다.

환각 같은 영상에 대해 생각해 볼 짬도 없이, 나는 완수 형 이야기를 부지런히 따라가야 했다.

그 뒤로 완수는 친구를 유심히 살폈다. 특별히 수업 시간에 딴청 피우진 않지만 그렇다고 집중하는 것 같지도 않은 아이. 그 애가 어느 날 말을 붙여 왔다.

"너 요즘 왜 날 자꾸 훔쳐보지?"

"뭐, 그…… 그냥."

"궁금해서 그러냐? 지난번 체육 시간 일. 그 뒤로 어찌 됐는지?"

완수가 우물쭈물 고개만 끄덕이자 그 애가 픽 웃었다.

"뭐, 반성문 몇 장 썼다. 앞으로 또 그러면 정학 먹인다더라. 이제 됐냐?"

사실 그 때문만은 아닌데, 마음속을 시원스레 밝히지 못하는 자신이 완수는 답답하고 한심했다.

"그래도 너 같은 범생이의 관심을 받으니 기분 나쁘지 않은걸."

그 애는 히죽 웃고 가 버렸지만, 완수는 그날 방과 후 저만치 앞서가는 그 애를 따라갔다.

"나도 왜 그랬는지 모르겠어. 그 애는 다세대 주택의 방 두 칸짜리 반지하에서 엄마랑 둘이 살더라. 학교 갔다 와 놀러 나가지 않으면, 엄마 퇴근해 올 때까지 내내 혼자 있는 눈치야. 나는 학교 끝나면 학원으로 직행하는 생활을 3년째 하고 있었는데."

"아버지는요?"

"중2 때 부모가 이혼했다는데 어쩌다 그랬는지 말하지 않았고, 나도 물어보지 않았어."

　고개를 끄덕였다. 마음속에 무거운 돌덩이 같은 게 또 들어와 앉은 기분.

　"잡동사니 어질러진 방 안이며 설거지거리 가득 쌓인 부엌에 놀랐지. 하지만 먼지 하나 보이지 않는 우리 집보다 훨씬 마음 푸근하더라고. 학원 빼먹고 종종 찾아갔어. 녀석은 내가 오거나 말거나 별 관심 없어 보였어. 오면 오나 보다, 가면 가나 보다……. 한 번은 라면을 끓여 먹다 들어서는 날 보더니 '먹을래?' 툭 던지듯 묻는 거야. 내가 고개를 저으니까 언제 그랬냐는 듯 젓가락질에 몰두하고. 나한테 전혀 신경 쓰지 않는 데도 기분 나쁘지 않았어. 오히려 마음 편했지."

　이해할 수 있었다. 세상에는 남과 어떻게든 관계 맺기 좋아하고, 남의 일에 참견하고 싶어 안달하는 사람이 의외로 많다. 엄마가 자살을 시도하고 입원했을 때도 날 보기만 하면 힐끗거리고 수군대는 아줌마들 때문에 바깥출입을 삼갔다. 쓸데없는 관심보다는 모른 척해 주는 게 얼마나 좋은지 나는 잘 안다. 완수 형의 친구란 사람은 나하고 성격이 많이 닮은 것 같았다.

　"또 한 번은 마음이 답답해 찾아갔다가 그 친구가 춤추는 걸 본 거야. 내가 놀라니까, 판타지 소설이나 무협지를 시리즈로 읽는데―취향도 나랑 비슷했다― 한 권 한 권 읽어치울 때마다 몸이 가만있지를 않는다는 거야. 그러고는 무슨 발동이나 걸린 것처럼 다시 추는데, 멋진 스텝까지 밟으며 열정적으로 춤추는 모습에 반해 버렸지. 정말 감탄했어."

친구는 털썩 주저앉더니 춤꾼이 되고 싶다는 이야길 했단다.
다시 화면이 펼쳐지면서 내가 앉은 잔디밭이 이번에는 방 안으로 바뀌었다.
'또 영상이 시작되는 건가? 아니면 환각?'

완수의 친구 역할을 다시 맡은 나는 벽에 등을 기대고 앉아 숨을 몰아쉰다.
헐떡이던 숨을 돌리자 몸이 나른해 온다. 땅과 가까운 창문을 통해 축축한 습기가 날아든다. 곰팡이 냄새도 섞여 있다.
완수가 묻는다.
"춤은 언제 배웠니?"
"배우긴, 천재는 배우는 게 아니야."
내가 대답한다. 완수가 어이없다는 듯 웃는다.
"실은 책 보고 텔레비전, 비디오 보며 맨땅에 헤딩 했지."
"그런데 그렇게 잘 춰?"
"배우지도 않고 잘 알지도 못하는 사람이 뭔가를 잘하려면 방법은 딱 하나야. 더 많이, 더 끈질기게 연습하기. 틈만 나면 추고, 닥치는 대로 저런 것들 보고 연구하거든. 내가 너처럼 학원을 가야 뭘 하냐. 시간은 얼마든지 있으니까."
새삼 내가 둘러보는 우리 방 안에는 『기본 스텝』이니 『춤의 미학』이니 하는 책들이 뒹군다. 저만치 『전설의 춤꾼』이라는 비디오테이프도 굴러다닌다.

'그럼, 저 영상을 보고 있는 나는 누구지? 어느 게 진짜 나야? 국어 시간에 들은 장자라는 사람 이야기처럼 혹 지금이 꿈이고 저것이 현실? 아니면 그 반대? 아니면 사람이 여기 있으면서 동시에 다른 데서도 나타나는 무협 판타지의 법술?'

머릿속 회로들이 뒤엉키는 것 같았다. 그러나 어지러운 정신을 수습하기도 전에 또 완수 형 얘기를 쫓아가야만 했다.

"그날 이야길 많이 했어. 그 애는 남들처럼 대학 가 보려고 되지도 않는 공부에 목숨 걸기보다 춤 쪽으로 에너지를 집중하는 게 낫지 않을까 싶대. 어차피 백댄서나 춤꾼이 되려고 작정했으니까. 학교에는 들켜도 혼나거나 쫓겨나면 그만이지만, 엄마 때문에 어째야 할지 모르겠다고 하더라."

나는 또 한 번 공감했다. 공부나 대학 말고 한눈파는 걸 허용 안 하는 학교 따위는 상관없다. 실제로 몇 번이나 그만둘까 생각도 했다. 하지만 엄마가 걸렸다.

"그래도 춤출 때가 제일 행복하니 어쩌겠냐고."

나는 연신 고개를 끄덕거렸다. 사람은 자기가 좋아하는 일을 할 때 가장 행복하다. 그런데 그걸 몰라주는 어른이 참 많다. 어쩌면 완수 형 친구는 삶이 자기에게 허락하지 않았던 평화와 행복을 춤 속에서 찾았는지도 모른다. 나는 어디서 그걸 찾게 될까?

"친구 덕에 그동안 내가 살아온 세계와 다른 세상을 보게 됐어. 그전까지 학교, 학원, 집만을 쳇바퀴 돌며 공부밖에 딴 생각 할 겨를조차 없었거든. 그 애는 내게 다른 세상을 만나게 해준 창이었어."

"그 친구가 폭력 사건 때문에 전학 가게 된 거예요?"

"아버지 때문이야! 아버지가 그러지만 않았어도!"

버럭 소리 지르는 바람에 찔끔했다. 재빨리 뒤를 돌아보았다. 아저씨들이 무슨 일인지 신경 쓰는 눈치였다.

"이제 친구 이야기는 그만 할까요?"

완수 형은 치미는 분노를 간신히 참는 것 같았다. 아버지만 생각하면 저렇게 되나 보다. 형이 가엾어졌다. 완수 형 아버지는 교수님이 되기까지 얼마나 공부를 많이 했을까? 그런 분이 자식 공부 못하는 걸 용납이나 했을까? 하기 싫은 공부 죽어라 매달리다 형은 미칠 지경이었는지도 모른다. 그럴 때 문신을 만났다면…….

겨우 얼굴이 진정되는 걸 보고 조심스레 물었다.

"저기요…… 그, 문신이랑 만난 얘기도 해 주면 안 돼요?"

형이 나를 뚫어져라 보았다. 표정 변화가 참 많은 사람이다. 눈동자가 불꽃처럼 이글거리다, 흰자위가 검은자위를 다 덮을 듯 희번덕거리다, 지금처럼 검고 잔잔한 물결 같아지기도 한다.

"너도 만났다고 했던가?"

형의 얼굴이 좀더 평온해졌다.

"좋아. 말해 주지."

나는 숨을 크게 들이쉬며 상체를 똑바로 했다. 진짜 듣고 싶은 이야기는 이제부터였다.

히말라야 골짜기에 사는 할단새처럼

"어느 날 학원에 가다 그 친구를 봤어. 아이들에게 둘러싸여 얘기 나누는 거 같았거든. 갑자기 두 놈이 친구 팔을 양쪽에서 붙잡더니 다른 놈이 주먹을 날리지 뭐야. 난 기겁했지. 연거푸 얻어맞고 그 애가 무릎을 꿇었어. 그런데 또 다른 놈이 가서 발길질을 해. 모두가 달려들더니 몰매를……. 소리 없는 비명이 들리는 거 같았어. 도와 달라고, 도와 달라고……. 난 꼼짝도 못했어. 심장이 쿵쿵 뛰고 다리가 굳어 버렸어. 그대로 난, 돌아서 버린 거야. 너무 무서워서……."

떠올리는 것만으로도 끔찍한지 완수 형 얼굴이 하얗게 질렸다. 몸도 와들와들 떨었다. 그때 느꼈을 절망감이 내게도 고스란히 전해졌다.

"도망쳤어…… 비겁하게. 집에 와 겨우 진정되고 나니까 그때서야 겁쟁이 내가 부끄러워서……. 내일 학교 가서 친구를 어떻게 보나 싶더라. 그랬는데, 그 애는 다음날부터 학교에 오지 않았어. 폭력 서클 애들과 싸우다 다쳐 병원에 입원했다는 소문만 돌더니, 그대로 학교를 그만둬 버린 거야. 다른 학교로 전학 가라 했는데 싫다고 했다지. 엄마랑 멀리 시골로 가 버렸다는 얘기도 들리고. 그런데 그 애의 전학을 뒤에서 부추긴 사람이…….."

"아버지였어요?"

형은 숨을 한껏 몰아쉬었다 거칠게 내뱉었다.

"그래. 내가 개랑 어울리는 걸 질색했거든. 일이 터지자 학교에 압력을 넣은 거지."

"형 아버지는…….."

"왜 그렇게까지 했을까요?"라는 말을 꿀꺽 삼켰다. 완수 형이 아버지한테 예민하다는 게 생각났기 때문이다. 형은 아직도 숨이 고르지 않았다.

"그 일은 두고두고 날 괴롭혔어. 잊을 수가 없어. 친구가 대항도 못하고 몰매 맞는데 도망쳐 버렸잖아. 비겁한…… 나를 용서할 수 없었지. 멀리 떠나 버렸으니 사과할 수도 없고. 어디로 갔는지도 모르겠고. 그나마 단 한 명 친구마저 없어지니 학교는 더 시들해졌고. 아버지가 밉고, 선생들이 밉고, 세상이 다 미웠어. ……그때 흑수문장이 찾아왔어."

나는 고개를 주억거렸다. 형 입가에 희미한 미소가 떠올랐다.

"덕분에 한 번도 못해 본 것들을 해 봤지. 미운 사람 혼내 주고, 맘에 안 들면 욕 퍼붓고, 아버지한테 대들고, 학교 안 가고 공원 의자에서 자고, 게임방에서 하루 종일 개기고, 시험 답안지 백지로 내기도 하고⋯⋯. 물론 흑수문장은 날 도왔지."

"그런데 수첩이 없었다고요?"

"그런 거 없었다니까!"

또 소리를 버럭 질렀다. 이번에는 눈까지 부릅떴다. 하얀 가운 아저씨들이 걸어오기 시작했다. 나는 야단맞고 꼬리 내리는 강아지처럼 다소곳하게, 그러나 재빨리 대꾸했다.

"미안해요. 그냥 확인해 봤을 뿐이에요."

완수 형은 어깨까지 들썩이며 씩씩댔다. 생긴 모습과 달리 정말 다혈질이다. 표정 변화만큼이나 심정 변화도 잦은 것 같았다. 거친 감정이 채 가라앉지 못한 목소리로 말을 이어갔다.

"흑수문장은 싸늘하고 차가워 보이는데 힘은 엄청났어. 그 막강한 힘으로 날 돕기 시작했지. 내가 미운 사람이 있으면 기가 막히게 알아채 검은 손가락으로 가리키는 거야. 그러면 놈은 어떻게든 당하고 말아. 머리가 터지거나, 다리가 부러지거나, 이빨이 깨지거나⋯⋯."

나는 천천히 코로 숨을 빨아들였다가 입으로 길게 토해 냈다.

"나만의 신이야. 흑수문장은 나한테만 봉사하는 거야. 내가 원하면 어김없이 와. 그런데⋯⋯ 어느 날부터 바라지 않는데도 찾아오기 시작했어."

"그래요?"

"완수! 이제 그만 갈까?"

하얀 가운 아저씨들이 곁에 와 있었다.

"잠깐만, 잠깐만요! 조금만 더 얘기하게 해 주세요!"

내가 다급하게 외치자 아저씨들이 완수 형을 내려다보았다. 형은 아무래도 좋다는 얼굴이었다.

"금방 끝낼게요. 제발."

"그럼 잠깐만이다."

아저씨들이 앉아 있던 긴 의자로 되돌아가자 완수 형이 뒤로 벌렁 누웠다. 그 눈동자에 붉은빛이 몰려들었다. 나도 하늘을 올려다보았다. 서녘 하늘이 노을에 물들어 있었다. 주홍빛 구름 무리가 풍경화처럼 아름다웠다.

"탱크 선생도 혼내 줬고. 친구를 그렇게 만든 놈들도

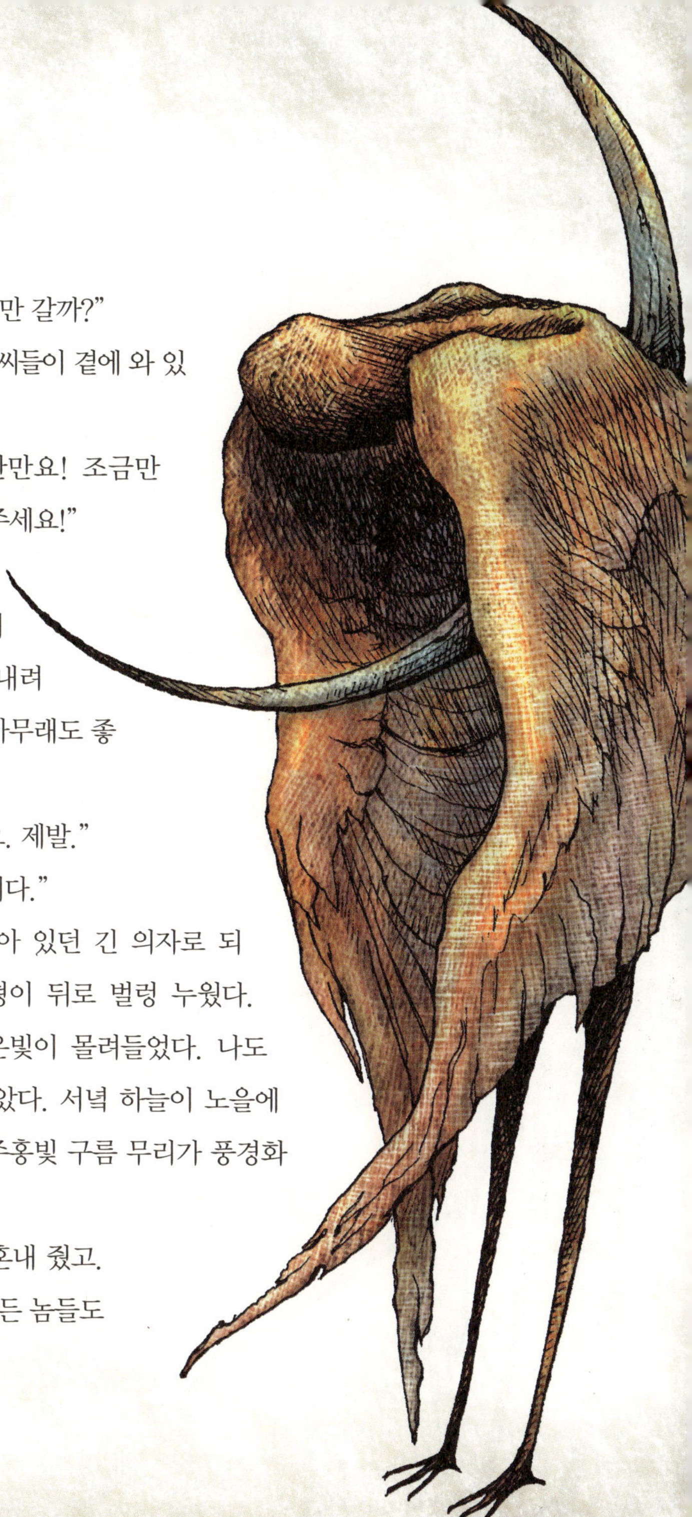

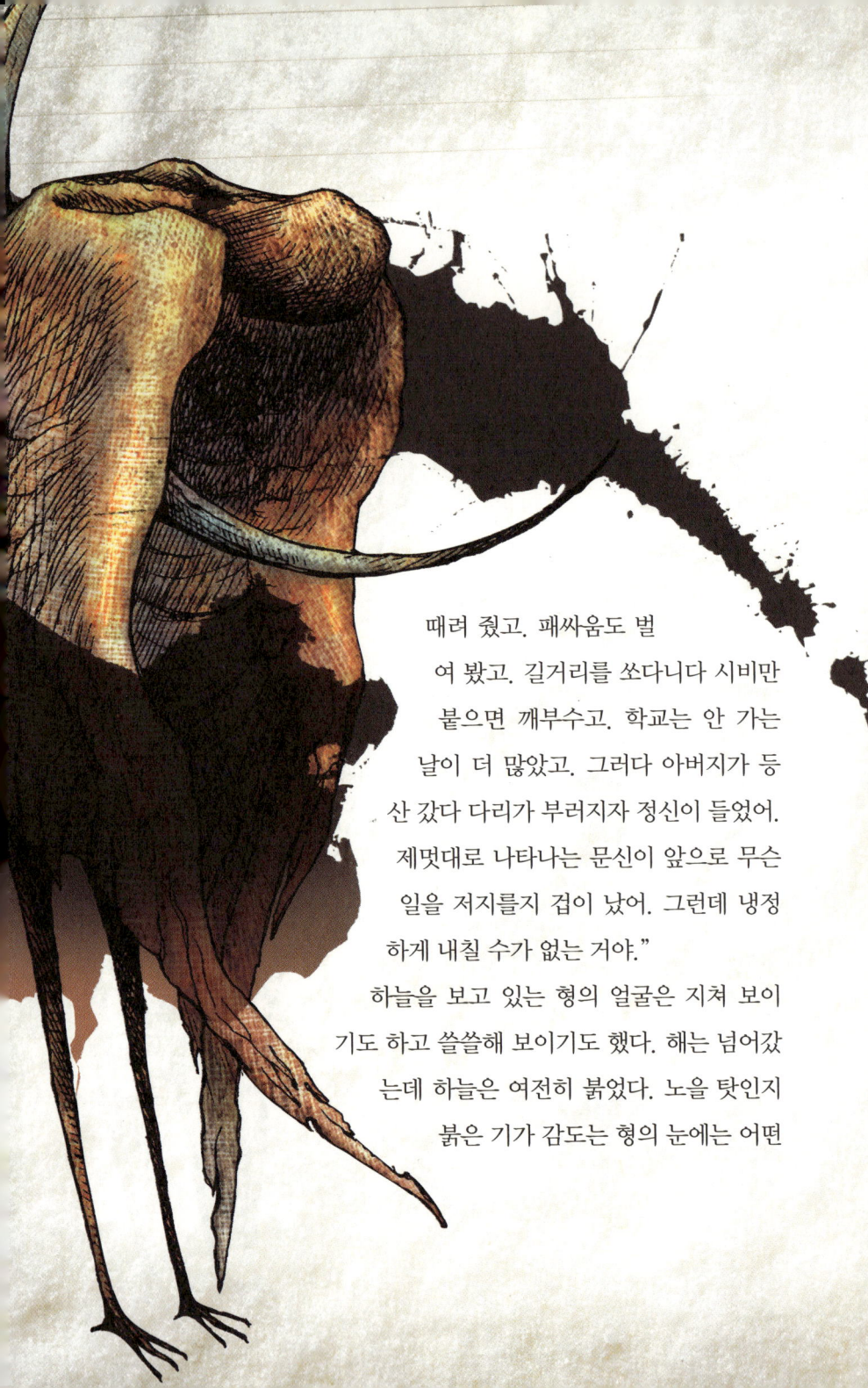

때려 줬고. 패싸움도 벌여 봤고. 길거리를 쏘다니다 시비만 붙으면 깨부수고. 학교는 안 가는 날이 더 많았고. 그러다 아버지가 등산 갔다 다리가 부러지자 정신이 들었어. 제멋대로 나타나는 문신이 앞으로 무슨 일을 저지를지 겁이 났어. 그런데 냉정하게 내칠 수가 없는 거야."

하늘을 보고 있는 형의 얼굴은 지쳐 보이기도 하고 쓸쓸해 보이기도 했다. 해는 넘어갔는데 하늘은 여전히 붉었다. 노을 탓인지 붉은 기가 감도는 형의 눈에는 어떤 체념의 빛 같은 게 서려 있었다. 형이 나한테로 얼굴을 돌리더니 불쑥 물었다.

"너, 할단새를 아니?"

"무슨…… 새요?"

"할단새. 히말라야 산맥 깊은 골짜기에 살아. 둥지 없이 이 나무 저 나무 옮겨 다니며 사는데, 밤이면 오들오들 떨면서 내일 아침에는 꼭 양지바른 곳에 둥지를 지어야지 결심하지만, 아침이 되고 해가 나오면 간밤의 지독한 추위조차 까맣게 잊어버린다는 새지."

"그런 새도 있어요?"

"그 한심한 할단새가 바로 나야. 흑수문장의 힘을 빌려 일을 저지르고 나면 꼭 후회하면서도, 막상 닥치면 또 의존하고 마는 거야. 내 힘으론 어쩔 수가 없어. 언제부턴가 그가 날 조종하기 시작했으니까. 내가 그만두고 싶을 때도 흑수문장은 들어주지 않았으니까."

몸이 오싹해졌다. 『그림자』라는 판타지를 읽은 날 밤에 자다 깼는데 내 그림자가 싹 사라졌던 생각이 났다. 찾다가 찾다가 너무 무서워 소리 질렀는데 또 한 번 깼다. 그러니까 그건 꿈이었다. 꿈에서 깼는데 또 꿈속이었다니. 그때의 두려움이 되살아왔다.

"그러다 엄마가 심장마비로 쓰러져 그대로 가 버렸어."

완수 형이 벌떡 일어나 앉았다.

'지금은 꿈이 아니야.'

나는 도리질 치며 떨리는 몸과 정신을 수습했다.

완수 형은 엄마 생각만으로도 가슴 아픈지 얼굴을 일그러뜨렸다. 나도 마음 한끝이 아렸다. 아마도 완수 형 엄마는 남편과 아들 사이에서 이쪽저쪽 눈치를 살피느라 피가 마르지 않았을까?

"아, 이젠 정말 떠나보내려고 단단히 마음먹었어. 문신을 불렀지. 아무리 불러도 대답이 없어. 가까이 있는 걸 분명히 아는데, 모습을 드러내지 않아."

공포가 느껴지는지 완수 형 눈이 커졌다.

"……두려워 견딜 수가 없어. 방에 틀어박혔지. 방 밖으로 나서기만 하면 흑수문장이 기다렸다는 듯 내 목덜미를 낚아챌 것 같고, 잠만 들면 나한테 당한 사람들이 복수하려고 덤벼드는 거야."

완수 형이 머리를 무릎에 푹 파묻었다.

"저 병동에 와 산 지는 오래 됐어요?"

"몰라, 몰라……."

완수 형이 파묻은 머리를 마구 흔들었다. 그래도 나는 그만둘 수가 없었다.

"지금도 흑수문장이 와요?"

"완수! 이젠 정말 돌아가야 하는데."

하얀 가운 아저씨들이 어느새 또 곁에 와 있었다.

"싫어! 안 갈래!"

형이 도리질 치며 벌떡 일어났다. 그대로 달아나려는 형을 아저씨들이 재빨리 붙들었다. 난 갑작스러운 일에 놀라 뒤로 물러났다.

"날 데려가지 마, 문신! 싫어!"

형은 아저씨들한테 끌려가면서도 발버둥 쳤다.

"날 놓아줘! 제발! 놓아 달라고!"

완수 형이 병동 안으로 사라진 뒤에도 울부짖는 소리가 들려왔다. 바람도, 잔디 풀도 숨을 죽이고 가만히 귀를 기울이는 것 같았다. 땅거미가 몰려들고 있었다.

충동에 맞서기

 아버지가 돌아왔다. 아버지보다는 가방 때문에 가슴이 두근거렸다.
 열어 보기가 겁났다. 수첩이 그대로 있다면 어떻게 해야 할지. 나는 검은 수첩을 돌려주고 흑문도령이 떠나도록 도울 수 있을까?
 병실 침대 옆 보조 의자에 앉은 아버지와 눈이 마주쳤다. 나를 보는 것 같지는 않았다. 아버지 눈은 내 몸을 통과해 먼 허공에 가 박혀 있는 것 같았다. 얼굴이 많이 수척하고 초췌해 보였다.

오랜만에 만났지만 할 말이 없었다. 아버지도 엄마도 말 한마디 없이 앉아만 있다. 두 사람 사이에 깊은 강물 하나가 흐르는 것 같다. 내가 그 강에 다리라도 되어야 하는 건가.

문이 열리더니 낯을 익힌 하얀 가운 아저씨 하나가 얼굴을 들이밀었다. 무거운 침묵의 강물에서 벗어나 다행이다 싶어 재빨리 침대에서 내려왔다. 가방을 열었다.

있다! 책이며 공책들 맨 앞에 검은 수첩이 있었다!

환자복 주머니에 수첩을 쑤셔 넣고 병실을 나섰다. 가슴이 거친 파도처럼 울렁거렸다.

의사가 맑은 눈으로 웃으며 반겼다. 볼수록 닮았다. 누구더라······. 언뜻 스쳐가는 얼굴.

'그래. 완수 형, 완수 형 눈과 닮았어.'

"머리 붕대는 언제 푼다니?"

"아직 일주일은 더 있어야 한대요."

"꼭 터번 같아."

같은 말을 또 들었다. 한 번 겪은 일을 또다시 겪는 느낌. 나는 뿌예지려는 머리를 세차게 도리질 쳤다.

이야기를 시작했다. 이제 우리는 가까운 사이처럼 흉허물 없이 이야기를 나눈다. 나눈다기보다 의사가 별다른 대꾸도, 참견도 없이 듣기만 하는 쪽이지만. 나는 별로 중요할 것도 없는—내 판단이다—내 말에 저토록 귀 기울이는 사람을 보지 못했다. 그저 고개를 끄덕이면서 "그렇구나. 네 마음을 나도 충분히 이해하겠어." 하는 표정으로 들어주는 사람을.

 그런데 횟수가 거듭되면서 나는 뜻밖에 후련함을 느끼기 시작했다. 어느새 진심으로 이야기를 털어놓게 되면서, 겉모습 안에 숨어 있던 내 다른 모습들이 밝은 빛 아래 처음 드러나는 듯한 기분마저 들었다.

 내 하루 생활을 이야기하다 믿음이 가지 않는 어른들 이야기, 위태로운 엄마 아버지 관계에 대해서까지 얼떨결에 흘러나왔다.

 "어른들은 비겁해요. 우리랑 관계없는 자기들 고통 속으로 우릴 끌어들여요. 그러면 괴로운 일이 잊혀지기라도 할 것처럼 무책임하게 말이죠."

 "예를 들면?"

 "부모들 말예요. 얼마나 이기적인지 몰라요. 서로 사이가 나빠지면 그걸 그대로 드러내요. 절제하고 감출 줄 몰라요. 같이 사는 자식은 생각도 안 한다고요."

 "너는 말은 그렇게 해도, 누구보다 부모님을 사랑하고 연민을 느끼는 거 같은데?"

 "차라리 헤어져 버리면 속 편할 텐데."

 "부모님은 널 생각해서 못 그럴 수도 있어."

 그건 핑계다. "너 때문에 헤어지지 못한다."거나 "자식 때문에 어쩔 수 없이 참고 산다."거나 하는 얘기는, 자기 삶을 '희생'이라는 말로 포장하는 것 아닌가? 속으로는 곪아 썩으면서. 왜 부모 때문에 자식이 어떻게 될 거라고 넘겨짚는 거지? 이젠 어린애도 아닌데.

나는 어깨만 으쓱하고는 말을 돌려 버렸다. 엄마, 아버지 이야기로 깊이 들어가는 건 아직 버겁다.

내가 즐기는 컴퓨터 게임 이야기, 무협지며 판타지 소설 이야기…….

"무협지나 판타지 소설 많이 좋아하니?"

"최고수가 되면 늙지 않거든요. 난 어른 되는 거 재미없어요."

금강불괴를 거쳐 불로불사의 경지에 오르면 늙지도 죽지도 않는다. 그 다음엔 사람이 신선이 되는 경지, 우화등선이 가능하다.

의사가 놀랍다는 눈을 했다.

"피터 팬 또 하나 나왔구나. 친구들 다 어른이 되는데 혼자만 그 나이로 남아 있으면 외로워질걸."

"그러면 엄마처럼 술이나 마셔 볼까요?"

우리는 마주 보고 웃었다.

'엄마도 많이 외로웠던 걸까?'

"판타지 소설 읽는 건 좋은데, 그 속에서 벌어지는

일들이 현실에서 그대로 이루어질 수 없다는 걸 잊으면 안 돼. 그걸 의식하지 않고 판타지에만 빠져 살면 몽상가가 되기 쉬워. 게임도 그렇고."

"걱정 마세요."

환상계로 갈 수 있는 사람과 갈 수 없는 사람, 갈 수는 있지만 영원히 거기 머무는 사람, 그리고 환상계에 갔다 돌아오는 사람이 있다. 이 마지막, 네 번째 부류 사람들이 환상계와 현실계, 둘 다 건강하게 만들 수 있다.

뭐였더라? 제목은 잊어 버렸는데 판타지 책에서 본 글귀다. 나 스스로 내가 네 번째 부류라고 생각한다.

"그래, 너도 잘 알 거야. 바람은 물 위의 배를 앞으로 가게도 하지만 뒤집기도 해. 네가 읽는 책들이 너라는 배를 나아가게 하는 바람이 되게끔 하는 것도 네 몫이야."

'직업의식에서 나온 말인가? 이 사람은 의사로서 해줘야 할 말과 자기 진짜 생각 사이에서 갈등하지는

않을까?'

한동안 내 얼굴을 살피던 의사가 뜻밖의 말을 했다.

"너, 잘 안 울지?"

"……어떻게 아셨어요?"

"그럴 거 같더라. 더러는 우는 게 도움 되기도 하던데."

"선생님도 울어요? 남자 어른이?"

"맺힌 게 풀리기도 하거든."

"뭐, 나도 울고 싶을 때가 아주 없는 건 아니지만, 실제로 울어 본 적은 없어요. 울음이 올라와 막 터질 거 같다가도 금세 사라져 버려요."

의사가 천천히 고개를 주억거렸다.

"문제를 푸는 방식에는 여러 가지가 있을 테니까. 울음도 그 중 한 가지일 뿐이고."

난 입만 삐죽 내밀었다. 눈물이 비집고 올라올 때도 나는 꾹꾹 눌러 삼킨다.

'우는 건 지는 거야. 날 약하게 만들 뿐이라고. 엄마를 봐.'

의사가 나를 가만히 응시했다. "더 하고 싶은 얘기가 있지 않니?" 하는 눈이었다. 어쩔까 망설이며 주머니 속 수첩을 만지작거렸다. 결국 의사가 먼저 입을 열었다.

"사람의 기가 분노나 파괴 쪽으로 쏠릴 때는 엄청난 에너지를 낸단다. 그걸 잘 다스리지 못하면 폭력이 되기도 해. 폭력은 가장 극단적인 방법이지만, 정작 문제 해결에는 도움 안 될 때가 많아."

"예, 그런데요……."

난 머뭇거렸다. 검은 수첩을 보여 주면 의사는 어떤 얼굴을 할까? 그때 밖에서 똑똑똑 소리가 나더니 간호사가 얼굴을 디밀었다.
"실례합니다만 선생님! 3번 전화 좀 받아 보세요. 급한 일이라."
"미안하다. 잠깐만 기다려 줄래?"
의사가 무선전화기를 들고 창 쪽으로 다가갔다. 통화는 금방 끝나지 않았다. 책상 위에는 서류들이 가지런히 쌓여 있었다. 호기심에 한 장 넘겨다보다 흠칫했다.

최완수

곁눈으로 힐끗 보니 의사는 창밖을 내다보며 전화 통화에 빠져 있었다.

공상성이 강하고, 현실과 망상에 대한 구별 능력 부족.
소심하나 자기 과시적 성격도 보임.
치료 기간 동안 많이 줄었으나 아직 폭력성을 다스리지 못함.
누군가―본인은 신이라고 하는―나타나 자신을 조종한다고 여김.
일정 기간 재격리 관찰을 요함.

의사의 서명도 있었다.
전화를 끊고 돌아서는 기척에 서류를 살짝 제자리에 놓고 시치미를 뗐다.

"무슨 이야기를 하려고 했지?"

"아, 아무것도 아니에요."

그리곤 침묵. 주머니 속 내 손가락은 거칠거칠한 수첩 표지를 힘주어 쓸어내리고 있었다.

"내 말 알겠지? 분노와 파괴의 감정은 사람한테 에너지를 주기도 하지만, 사람을 파멸로 이끌 수도 있다는 거."

나는 가만히 고개만 끄덕였다.

"폭력에는 선도 악도 없는 거야. 그냥 폭력일 뿐이지. 다시는 폭력이나 분노의 감정에 휘둘리지 않도록 노력해 볼래?"

또 끄덕끄덕.

"그래. 넌 고집도, 결심한 걸 끝까지 밀고 나갈 뚝심도 있어 뵈니까. 우리 조금만 더 만나자. 이제부터는 남자 간호사들 딸려 보내지 않을게. 혼자 나 찾아올 수 있지?"

고개를 크게 움직여 끄덕끄덕. 언젠가 의사한테 흑문도령과 검은 수첩 이야기를 해 주게 될지 모르지만 지금은 아니다.

의사 방에서 나와 복도를 걷는데 아무도 뒤쫓지 않았다. 복도가 새삼 넓고 길어 보였다.

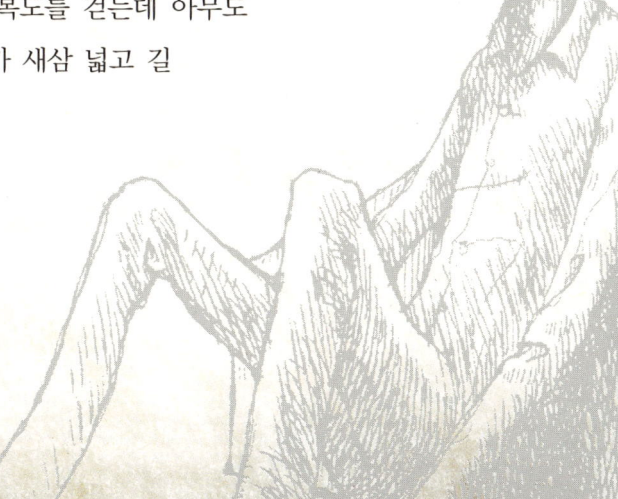

승강기 문 앞에서 상상을 펼쳤다. 승강기를 혼자 기다릴 때면 꼭 찾아오는 똑같은 상상.

> 승강기가 도착하고 문이 열린다.
> 안에는 아무도 없다.
> 나는 한 발 내딛는다.
> 바닥이 없다.
> 끝 모를 어둠 속으로 나는 추락한다…….

몸을 돌리고 싶어졌다. "띠링!" 소리가 나며 문이 열렸는데도 선뜻 들어가지 못하고 미적거렸다. 그 바람에 뒤에 와 있던 누군가와 부딪쳤다.

"정신 똑바로 차리고 다녀!"

정신이 번쩍 났다. 내 또래로 보이는 놈이 눈을 흘기고 있었다. 환자복도 입지 않은, 처음 보는 얼굴이다. 내 눈은 놈한테서 떠나질 못했다. 한마디 해 주고 싶다. 일부러 그런 것도 아닌데.

"뭘 꼬나봐. 새꺄!"

주먹이 불끈 쥐어졌다. 녀석에게 떠밀려 안으로 들어서면서, 잽싸게 뒤로 가 오른손으로 녀석의 팔을 꺾고, 왼팔로 녀석의 목을 조른 다음, 무릎으로 다리를 쳐서 꿇어앉힌다. 그리고 "너 까불면 죽어!" 하고 싶은 강한 충동이 나를 덮쳐 왔다.

네 주머니에 검은 수첩이 있잖아. 녀석의 등을 팔꿈치로 찍어 버릴 수도 있어! 저 뺨을 벌에 쏘인 것처럼 해줄 수도 있다구!

내 안의 동굴에서 오랜만에 몸을 일으킨 괴물은 집요했다.

나는 온 의지를 모아 괴물이 보내오는 충동에 저항했다. 디멘터에 맞서는 해리 포터처럼 손에, 다리에, 그리고 온몸에 힘을 빼려고 기를 썼다. 입으로는 중얼중얼 주문을 외웠다.

"흑문도령, 날 도와줘……. 문아, 빨리 열려라. 빨리!"

이윽고 강한 물살을 거슬러 올라가는 것처럼 천천히, 아주 천천히 내 팔에서 내 다리에서 힘이 빠져 나갔다. 괴물이 동굴 속에 맥없이 주저앉을 때 승강기 문이 열렸다. 3층이었다.

나는 돌아보지 않았다. 흐늘흐늘해진 다리를 끌고 계단으로 가 1층까지 걸어 내려왔다. 메말랐던 땅에 마침내 비가 내리고 새싹이 돋는 것처럼, 내 안에서 무언가 죽고 무언가 새로 태어나고 있었다.

떠나보내기

투명한 하늘 아래 물결처럼 넘실대는 잔디밭. 한가운데 파묻힌 듯 완수 형이 보였다. 달려갔다.

없다! 눈을 비비고 다시 보았다. 역시 없었다. 허공으로 아련하게 흩어지는 목소리.

"우리 엄마도 참 예뻤는데……."

"너, 할단새를 아니?"

…….

수첩을 꺼냈다. 내 가방 속으로, 이 주머니 저 주머니 속으로 옮겨 다니며 많이 낡았다. 옷감이었다면 올이라도 풀린 듯 네 귀퉁이가 너덜거렸다.

"흑문도령……."

대답은 없었다. 그러나 기다렸다는 듯 내 앞의 잔디 풀 색깔이 진초록으로 물들기 시작했다. 새삼 가슴이 두근거렸다.

"오랜만이다."

"너는 이제 내가 오는 것도 잘 아는구나."

"그럼. 너랑 만난 지 벌써 몇 핸데. 근데 거울이나 유리창으로만 오는 줄 알았는데."

"얼마 전 여기에도 틈새가 생겼거든."

"틈새?"

"이쪽 세상과 저쪽 세상의 틈새. 내가 있는 곳과 네가 사는 곳의 틈새."

"그래……. 그동안 잘 있었어?"

"그럼." 하고 대답하듯 잔디에 비친 그림자가 일렁거렸다.

"저기, 나 문신 만났어. 너 말고."

"알아. 그는 염라궁 문지기야. 명도궁, 제석궁, 시왕궁 통틀어 가장 똑똑할걸. 야무지고 실수도 안 하고……."

나는 거칠게 말을 잘랐다.

"그래도 난 네가 더 좋아. 똑똑하고 완벽한 신은 재미없다고."

"그렇게 말해 주니 고맙네. ……미안하다."

"뭐가?"

"명부를 빨리 찾지 못해 네가 죽게 만들었잖아. 내가 모자란 탓에 너를 많이 힘들게 했어."

나는 말을 더듬거렸다.

"아, 아니야. 따, 따지고 보면 내 잘못이지. 검은 수첩이 위험하다는 네 말뜻을 너무 늦게 알았어."

"나도 명부를 인간 세상으로 끌고 온 기운이 너를 부추겨 네 기를 점령해 가는 걸 보고 느낀 게 많아. '흑문도령의 순진함이 악귀들의 간교함을 녹일 수도 있을 것이다!'라며 나를 명계의 문지기로 삼은 대왕님들 뜻도 알 거 같고."

"제법인데? 너 흑문도령 맞아?"

우리는 둘 다 쿡쿡 웃었다. 나는 입으로, 문신은 소리와 그림자로. 그러나 나를 칭칭 동여매 강물 속으로 끌어들이려던 귀신들이 떠오르자 몸서리가 쳐졌다.

"그리고 나, 고맙게 생각하고 있어. 네가 끝까지 검은 수첩의 진짜 이름을 알려 주지 않은 거 말야. 그 덕에 내가 완전히 사로잡히지는 않았던 거지?"

흑문도령의 그림자는 그렇다고도 아니라고도 하지 않았다. 바람에 일렁이는 잔디 풀을 따라 가볍게 춤추고 있을 뿐이었다. 바람에 온몸을 내맡기고, 바람을 타고 흐르는 그림자의 춤. 하긴 이제 와 그런 게 뭐가 중요하겠는가.

"저, 나 있잖아."

조심스러운 목소리가 침묵을 깼다.

"알아. 돌아가야 한다는 거. 수첩…… 여기 있어. 갖고 가."

"그럴 줄 알았어. 정말 돌려주는 거지?"

"많이 늦지나 않았으면 좋겠는데. 미안하다."

기묘한 느낌이 파고들었다. 생전 입에 올린 적 없던 "미안하다", "고맙다"라는 말들이 연거푸 나오고 있었다. 그 생각이 나자 기침이 쏟아졌다. 기침을 뱉는 순간 명치끝에 무시무시한 통증이 왔다. 무언가 내 안에서 강력한 소리를 내며 튀어올랐다.

그렇게는 안 되지!

가슴이 타 들어가는 것 같았다. 찢어질 듯 아팠다.

누구 맘대로 보내?

내 안의 괴물이었다. 현기증이 났다. 가슴이 터질 것 같고, 메스껍고, 가래 같은 게 울컥울컥 올라왔다. 토하고 싶었다. 땅이, 하늘이 빙빙 돌았다. 멀리서 천둥소리가 들렸다.

순간 눈앞에 검은 점 같은 게 불쑥 나타났다. 부풀었다 오그라들었다 하며 점점 퍼져 가더니 덩어리

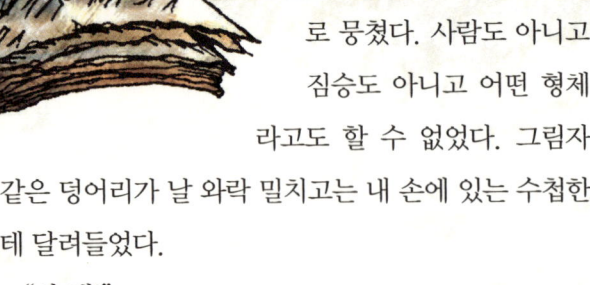

로 뭉쳤다. 사람도 아니고 짐승도 아니고 어떤 형체라고도 할 수 없었다. 그림자 같은 덩어리가 날 와락 밀치고는 내 손에 있는 수첩한테 달려들었다.

"안 돼!"

마른하늘에서 벼락 치는 듯한 소리가 났고, 문신의 비명 소리를 들은 것 같았고, 하늘이 캄캄해졌다. 매운바람이 몰아쳤다. 수첩 속지들이 찢어질 듯 파닥거렸다. 돋을새김을 한 것처럼 빽빽한 글자들이 화라락 튀어나왔다가 다시 숨었다.

수첩은 내 손에서 빠져나가려고 기를 썼다. 머리가 무겁고 눈이 쓰리고 손아귀가 아팠다. 손의 힘을 조금만 풀면 그대로 놓쳐 버릴 것만 같았다. 나는 검은 수첩을 움켜쥔 채 널브러졌다.

그때 수첩에서 번갯불 같은 게 튀어나왔다. 어떤 모습을 갖추기도 전에 불꽃이 사방으로 튀며 사라졌다. 뒤따라 검은 연기가 수첩에서 흐물흐물 흘러나와 가뭇없이 흩어졌다. 순식간이었다. 진짜로 봤는지도 의심스러울 만큼.

검은 구름이 사라지고 바람이 잠잠해졌다. 나는 다시 맑은 햇빛이 비치는 잔디 풀밭에 앉아 있었다. 잔디 풀이 찰랑찰랑 흔들렸다. 꿈결 같았다.

"괜찮니?"

흑문도령 목소리가 바로 곁에서 들렸다.

"괜찮아. 근데 어디로 갔지?"

"어딘가로 숨었을 거야. 지금은 빛에 먹혔으니까."

그게 뭐였냐고 물으려다 화들짝 놀랐다.

"어떡해! 찢어졌어. 수첩이 찢어졌다고!"

칼로도 안 베일 듯싶던 수첩 표지가 무참히 갈라져 있었다.

"문신. 너 어떡해! 이거 갖고 가야 하잖아."

"……어쩔 수 없지. 찢어진 명부는 명계에서 쓸모가 없는걸……. 덕분에 난 자유로워졌네."

"대왕님들한테 혼나지 않아? 이게 없어도 괜찮아?"

"야단은 맞겠지. 문지기에서 쫓겨날지도 모르고. 뭐, 다른 일 해 보고도 싶었으니까."

"그럼, 이 수첩은?"

"인간 세상으로 와서 너만의 명부가 된 데다, 이젠 명계의 명부 기능도 잃었으니……. 이제부터는 네게 달렸어. 완전히 떠나보내는 건 네 몫이야."

"……."

"때가 되면 명부 스스로 너를 떠날 거야."

"……."

"그만 가 봐야겠다. 잘 있어."

갑자기 문신의 목소리가 너무 맑아 아름답게 들렸다. 가슴속에서 뭔가 울컥 솟구쳤다. 코끝이 맹맹해졌다.

"미안해."

"아니, 내가 미안하구나. 끝까지 널 도울 수 없어서……. 너, 괜찮겠지?"

목구멍까지 올라온 감정을 꾹꾹 밀어 넣고 너스레를 떨었다.

"물론이지. 내가 누구냐."

"그래, 넌 똑똑하니까. 단추처럼 반짝반짝하는 아이잖아."

"그놈의 단추 타령은 여전하구나."

"색깔이 바뀌는 단추. 어떤 색으로 달라지느냐는 너한테 달린 단추."

"……."

그리곤 긴 침묵. 바람이 떠밀기라도 한 듯 그림자가 희미하게 휘청거렸다.

"우리…… 다시 보게 될까?"

"아마, 아닐걸. 다시 안 만나는 게 좋아. 너도 그렇고 나도 그렇고."

'그건 그래.'

헤어지는 절차는 간단할수록 좋다. 마음을 다잡고 몸을 돌리며 소리쳤다.

"어서 가!"

이를 악물고 돌아보지 않았다. 눈물이 나려 해 하늘을 보았다. 만났다가 흩어지는 하얀 구름들이 오색 무지개로 반짝거렸다. 천천히 고개를 숙이니 잔디 풀들이 제 색깔로 돌아와 있었다.

"가 버렸구나, 흑문도령. 나, 잘 해낼 수 있을 거야. 약속할게."

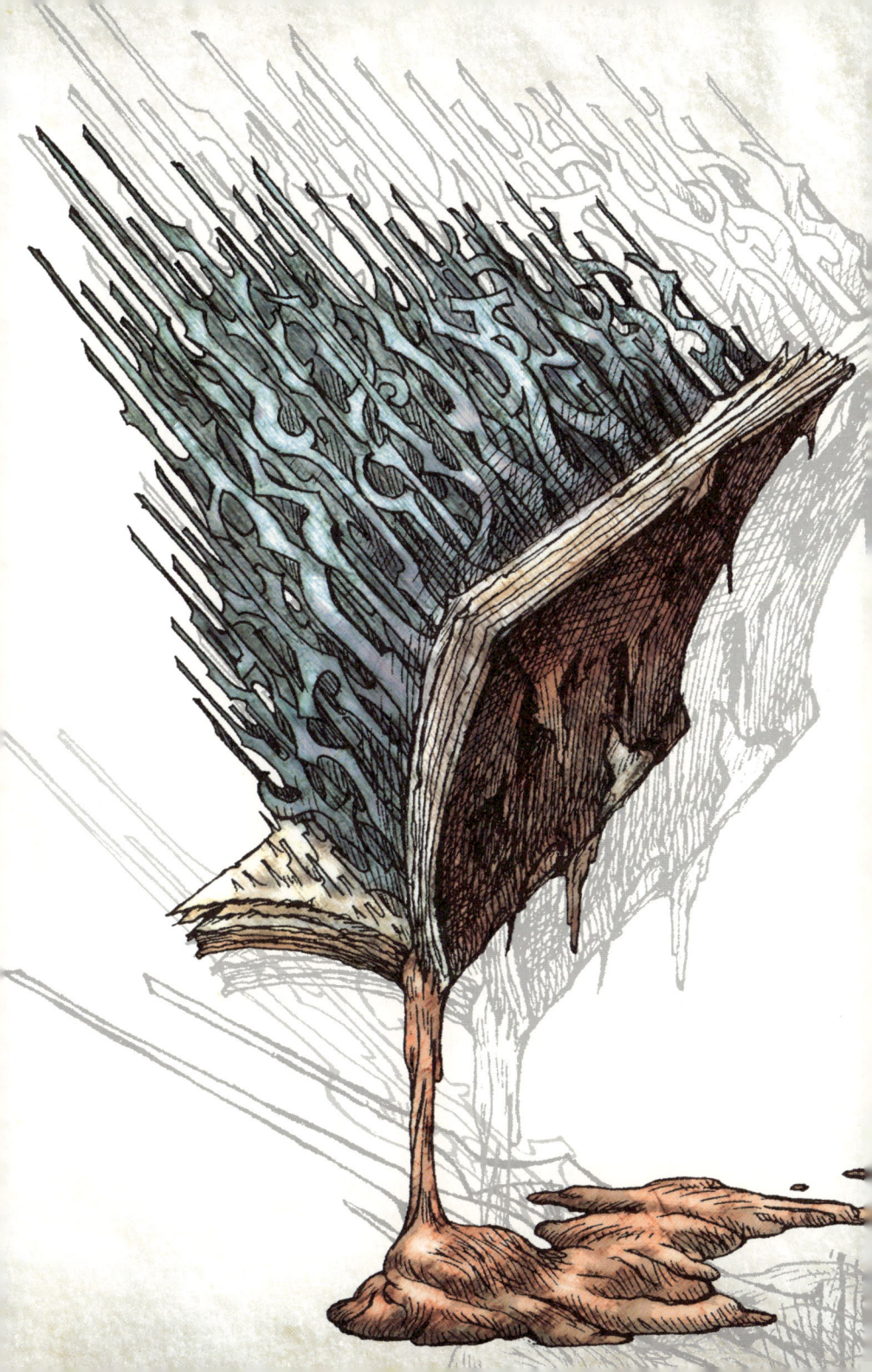

나를 부르는 소리가 들렸다.

엄마였다. 뒤에 바짝 붙어 아버지가 따라오고 있었다. 두 분이 저렇게 나란히 걷는 모습 참 오랜만이다.

"할 얘기가 있는데……."

혹시? 가슴 저 밑바닥에서 희미한 불빛 하나가 슬그머니 일어났다. 엄마는 주저하며 말을 꺼내지 못했다. 엄마를 도우려는 듯 아버지가 입을 열었다.

"엄마랑 아버지는…… 헤어지기로 했다. 이제 와 옛날로 돌아가기도 쉽지 않은 노릇이고. 그러기엔 너무 멀리 와 버렸구나."

가느다란 불빛은 힘없이 꺼져 버렸다. 아버지가 황급히 덧붙였다.

"그렇다고 서로 안 보겠다는 건 아니야. 앞으론 친구처럼 지낼 거다. 너도 엄마와 나한테 자유롭게 오갈 수 있고 말야."

의외로 담담했다. 아버지와 엄마가 따로따로 멀리 가 버렸다는 걸 인정하니까. 어수선한 무언가가 정리돼 잘 됐다는 마음마저 들었다. 다만 한 가지, 다음 순서가 고민이다. 나한테 누구랑 살 건지 선택하라고 할 테니까.

"네 엄마가 너와 살고 싶어 하지만, 누구와 지낼지는 네가 정해야겠지."

아버지를 바라보았다. 숱 없는 머리카락은 하얗게 세었고 얼굴은 광대뼈가 툭 튀어나올 만큼 야위었다. 키는 언제부터 저리 작았나. 예전엔 무척 넓다 여겼던 어깨도 조그맣고 연약해 보였다.

아버지 눈과 내 눈이 같은 높이에서 마주쳤다. 날 물끄러미 바라보는 퀭한 눈빛이 말하고 있었다.
 '엄마를 네게 부탁하고 싶다.'
 엄마한테로 눈을 돌렸다. 여전히 불안하고 위태로운, 살짝만 건드려도 눈물이 터질 것 같은 엄마의 눈.
 "엄마랑 살게요. 아버진 출장도 잦고."
 '나라도 있으면 엄마가 견디기 좀 쉬울 테니까요.'
 "……그래. 엄마 혼자 두는 게 걱정이었는데 다행이다. 그렇다고 아버지한테 발을 딱 끊으면 안 된다."
 엄마 입가에 보일 듯 말듯 희미한 웃음이 스쳐 지나갔다.
 우리 세 사람은 어둠에 잠겨 가는 잔디밭을 나와 병실로 돌아왔다. 아버지가 물었다.
 "학교는 어떻게 할래? 그 학교에 다시 다닐래?"
 "좀더 생각해 보고 정할게요."
 "그래. 그렇게 해라."
 지금은 아무것도 결정하고 싶지 않다. 지난 몇 년간 내게는 감당하기 벅찬 일이 많이 일어났다. 차분히 되돌아보고 하나하나 정리해 나가고 싶다.
 그 다음 일은 그 다음에 생각하자. 천천히.

3부

세상을 살아가는 덴 좋은 일도 있지만
재미없는 일도 많다는 거……
하지만 재미없다고 그 부분만 떼어 놓고 살아갈 순 없다는 거.
오히려 좋을 때보다 괴롭고 힘들 때가 더 많지만,
그래도 그 반짝 하는 즐거움이나 기쁨 때문에 또 살아간다는 거.
누군가한테 매달리고 의존하는 게 아니라
내 자유의지로 살 때 반짝 하는
즐거움이나 기쁨도 오는 건데 그걸 몰랐어.
인생은 단 한 번뿐인데 말이야.

자유의지로 살기

아버지는 짐을 챙겨 정식으로 집을 나갔다.

그날 밤 엄마는 펑펑 울었다. 술을 먹지 않았는데도, 여느 때보다 많이 마신 것처럼 목 놓아 울었다. 술에 빠져 살 때도 그처럼 심하게 운 적은 없었다. 나는 가만히 방문을 닫았다. 술이 목에 걸려 체하기라도 한 듯 꺽꺽대는 울음소리가 밤새 들렸다.

불안하고 겁이 났지만 감히 방문을 열어 보지 못했다. 엄마는 엄마 방에서, 나는 내 방에서 그렇게 밤을 지샜다.

다음날 아침밥을 차리는 엄마 얼굴을 힐끔힐끔 살폈다. 볼이며 눈두덩이 퉁퉁 부었지만 의외로 눈빛이 맑았다. 실로 오랜만에 보는 평화로운 느낌이 얼굴에 스며 있었다.

엄마는 이웃 아주머니의 알선으로 가정 부업을 시작했다. 여자 화장품 종류라는 조그만 솔이며, 차곡차곡 담아야 한다는 인조 속눈썹, 포장을 기다리는 화장용 스펀지들이 번갈아 마루에 쌓이고, 엄마는 그 앞에 쪼그려 앉아 물건들을 작은 상자에 집어넣었다. 이따금 허리를 쭉 펴고 기지개 켠다거나 어깨를 손으로 두드리기도 하지만, 한번 앉으면 꿈쩍 않고 서너 시간을 버텨 냈다.

내가 좀 도와 볼까, 하고 옆에 앉으면 엄마는 씩 웃고는 다시 몰두했다.

'엄마도 이런 걸 붙이고, 저런 걸로 화장하고 그런 적이 있었나?'

가까이서 보면 엄마 얼굴빛은 아직도 누렇고 눈자위도 검지만 술은 안 먹는 눈치다. 적어도 집 안에는 술병이 하나도 없다. 내가 병원에 있을 때, 엄마는 신경정신과에서 운영하는 알코올 증후군 클리닉에도 꼬박꼬박 다녔다.

한번은 한밤중에 깨어 화장실에 가다 엄마를 보았다. 부엌 식탁 앞에 넋 놓고 앉아 있는 뒷모습이 술 안 먹고 견디는 게 얼마나 힘든지 말하는 것 같았다. 낮에도 일하다 말고 나사 빠진 사람처럼 멍한 모습으로 앉아 있을 때가 있다.

엄마는 아버지 얘기를 입에 올리지 않는다. 나도 그렇다. 아니, 딱 한 번 있다. 아버지가 떠난 다음날 밤이었다. 그러니까 엄마가 저수지 독이 더진 것처럼 울고 난 다음날.

엄마랑 나는 나란히 누웠다. 내가 기억하는 한, 철든 뒤로 엄마랑 한 침대에 누워 본 건 처음이었다.

아버지가 집에 없는 날이 많았어도 언젠가 돌아온다는 걸 알던 때는 집이 이토록 썰렁하지 않았다. 엄마도 같은 기분이었나 보다. "오늘은 엄마랑 같이 잘까?" 한 걸 보면.

'같이 사는 공간에서 한 사람이 차지하는 자리는 얼마큼일까? 먹고, 씻고, 자고, 숨쉬고, 같이 얘기하던 사람 하나가 영원히 빠져나가 버린다는 건…….'

멍하니 천장을 보며 생각하는데 옆얼굴이 근질거렸다. 엄마가 옆으로 누워 부기 덜 빠진 눈으로 나를 뚫어지게 보고 있었다. 엄마는 한숨 더 떠 내 어깨며 팔뚝을 손바닥으로 쓸어내렸다.

"네 어깨가 이토록 넓어진 줄 몰랐어. 살도 무척 단단해졌네."

'고추에 털도 많이 났는걸.'

"아들이 이렇게 자랄 동안 엄마 노릇도 해 주지 못했으니 할 말이 없다."

엄마가 술도 입에 안 댔는데 저런 말을 하니까 쑥스러웠다. 또 눈물 흘리거나 "미안해"라는 말이라도 나오기 시작하면…….

그러나 엄마는 울지 않았고, 뜻밖에 생각지도 못한 이야기를 했다.

"엄마랑 살겠다고 해 줘서 고마워. 난 네가 아버지를 따

라갈 줄 알았어."

"왜?"

"아들은 아버지의 등을 보면서, 아버지 모습을 좇으면서 살아가는 거라고 하던데. 너도 남자잖아."

"엄마 아들이기도 해."

퉁명스레 내뱉었다. 난 그저 엄마가 더 불안해 보였고, 엄마한테 내가 더 필요할 것 같아 엄마 옆을 선택한 것뿐이다. 나라도 있는 게 조금이나마 위안이 되고, 삶의 이유가 되지 않을까 싶어서.

"엄마는 아버지를 사랑했어."

내 무뚝뚝한 반응에는 아랑곳 않고 엄마는 혼잣말처럼 중얼거렸다.

"너도 이렇게 컸으니 알 거야. 사랑이란 건…… 서로 짐을 나눠 지고 서로 외로움을 덜어 주는 게 아닐까 싶어. 그런데 엄마는 아버지의 짐을 나눠 지거나, 외로움을 덜어 주지 못했던 거 같애."

'갑자기 웬 사랑 타령?'

엄마가 뜬금없이 사랑 어쩌고 하니까 머쓱하고 민망했다.

"사랑한다는 핑계로 그저 매달리고 나만 고집했으니……. 엄마가 참 바보 같았어. 사람이니까 실수도 하겠지만, 한참 지나서야 그걸 깨닫게 되는구나."

한 번 시작하니까 엄마 스스로도 말을 멈출 수가 없는 모양이다.

그동안 저런 말들을 가슴에만 담고 어떻게 살았을까? 엄마랑 아버지가 마주 앉아 얘기하는 모습을 본 기억이 가물가물했다. 어쩌다 대화를 시작해도 금방 어긋나 버렸을 테지만.

'서로 사랑해서 결혼했을 텐데 왜 그렇게 됐을까?'

눈앞에 아버지의 작은 어깨와 야윈 얼굴이 떠올랐다. 아버지가 사귀었다는 어떤 여자도.

'그래도 아버지한테는 그 여자가 있잖아. 엄마 정말 바보 아냐?'

엄마한테 무슨 말이라도 하고 싶었다.

"이젠 자살하지 않을 거야?"

나는 내 입을 보이지 않는 손으로 몇 번이나 쥐어박았다. 엄마는 한참 만에 느릿느릿 대답했다.

"엄마도 이젠 알았거든. 세상을 살아가는 덴 좋은 일도 있지만 재미없는 일도 많다는 거……. 하지만 재미없다고 그 부분만 떼어 놓고 살아갈 순 없다는 거. 오히려 좋을 때보다 괴롭고 힘들 때가 더 많지만, 그래도 그 반짝 하는 즐거움이나 기쁨 때문에 또 살아간다는 거."

'나도 그런가?'

"누군가한테 매달리고 의존하는 게 아니라 내 자유의지로 살 때 반짝 하는 즐거움이나 기쁨도 오는 건데 그걸 몰랐어. 인생은 단 한 번뿐인데 말이야. 그러니까 열심히 살아보기로 했어. 이젠 자살 같은 거 하지 않을게. 약속해."

새삼 엄마가 무슨 철학자라도 된 것 같았다. 어제와 똑같은 엄만데 너무 달랐다. 그렇다고 뭐, 나한테 약속할 것까지야.

문득 엄마한테 어리광을 부려 보고 싶었다. 엄마 겨드랑이에 손을 집어넣어 살살 간지럼을 태웠다. 처음엔 어색했는데 어색함은 금방 가셨다. 엄마는 웃으며 몸을 비틀다 결국 새우처럼 동그랗게 말고는 "항복! 항복!" 했다. 우리는 마주 보고 웃었다.

엄마가 곁에 있어 다행이다 싶었다. 나라도 있어야 엄마가 버틸 수 있을 거라 여겼던 게 얼마나 오만한 생각이었는지.

웃는 엄마 얼굴에 주름이 잔뜩 생겨났다. 엄마가 늘 저렇게 웃고 지냈으면 좋겠다. "우리 엄마도 참 예뻤는데." 하던 완수 형 목소리가 들리는 것 같다. 마음 한 자락이 물큰 젖어 왔다.

퇴원하던 날 오전에 의사를 찾아갔다. 공식적인 상담은 끝났어도 인사할 겸 한 번 더 만나고 싶었다. 결국 문신 이야기는 입 밖에 내지 못했지만.

마침 의사는 학회에 참석하러 가서 없고, 낯을 익힌 간호사도 월차 휴가라고 보이지 않았다. 새로 왔다는 낯선 간호사만 접수대를 지키는 중이었다. 가볍게 눈인사를 하고 돌아서려다 물었다.

"혹시 최완수란 환자 어떻게 됐는지 아세요?"

"누구?"

"최. 완. 수요."

간호사는 고개를 갸웃했다.

"들어 본 적 없는데."

"이 선생님 담당 환자거든요. 한 번만 찾아봐 주실 수 없어요?"

"글쎄, 혹시 있다고 해도 함부로 알려줄 순 없어. 환자 프라이버시에 관한 거니까."

간호사는 쌀쌀맞게 고개를 저었다.

"그래도…… 딱 한 번만……. 지금 어디 있는지 정도는 가르쳐 줘도 되잖아요?"

간호사는 마지못한 듯 탁자 위의 진료 카드를 한 장 한 장 넘겼다.

"누구라고 했지? 최완수? 최 완 수……."

마지막 장까지 넘기더니 거 보란 듯이 말했다.

"봐라, 없잖니."

"환자 진료 카드가 또 있는 건 아녜요?"

"그렇긴 하지만…… 어쨌든 난 그런 이름 기억에 없어."

"분명히 맞는데……. 저, 혹시 먼젓번 간호사 누나 연락처라도……."

전화가 울렸다. 간호사는 수화기를 들었다 내려놓더니 진료 카드를 들고 급히 가 버렸다. 탁자 위에는 전화기밖에 아무것도 남아 있지 않았다. 복도를 한 번 둘러보고 '외출 중' 푯말이 걸린 의사 방문 손잡이를 손으로 돌려 보았다. 문은 잠겨 있었다.

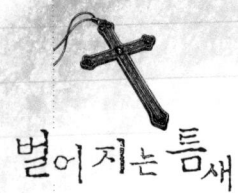

벌어지는 틈새

학년 말이 얼마 남지 않았을 때 학교로 돌아갔다.

담임도 생활 부장도 내가 전학 가는 걸 바라는 눈치였지만, 학교를 그만두면 그만뒀지 그러고 싶지 않았다. 학교를 옮기는 건 왠지 도망친다는 기분이 들었다.

학교는 달라진 게 없었다. 아니, 전혀 없진 않았다.

늘 관심 밖에 있던 반 애들 하나하나가 새롭게 눈에 들어왔다. 전에는 같은 교복을 입고 한 교실에 있을 뿐인 아이들이었는데.

한결같은 범생이 승우, 날라리 기질이 더 심해진 듯한 정남이, 범생이면서도 아닌 척 내숭 떠는 회장 도현이, 공책 필기에 목숨 거는 형준이, 같은 중학교에 배정 받은 것도 모자라 2학년엔 같은 반까지 된 성찬이……. 성찬이는 아직도 힐끗힐끗 내 눈치를 봤다. 어쩌면 나 때문에 저 애의 삶도 한 귀퉁이가 어그러졌을지 모른다. 언젠가 저 녀석과 차분히 이야기 나눌 기회가 닿을지 모르겠다.

아, 달라진 게 또 있었다. 노처녀 히스테리로 유명하던 할머니 음악 선생이 보이지 않았다. 허리 디스크 때문에 쉬고 있다는 얘길 들으니 기분이 묘했다. 예전에 사탄의 자식이니 뭐니 하는 말을 듣고, 내 안의 괴물이 허리나 부러져 버리라고 맞받아친 적이 있었는데.

바뀐 음악 선생님을 처음 보았을 때 나는 당황했다. 음악실 문을 열고 경쾌한 발걸음으로 들어오는 사람은 젊은 남자였다. 날라리족 정남이 눈이 번쩍 뜨일 만치, 몸에 꼭 끼는 짧은 재킷 속에서 십자 목걸이가 반짝거리고, 큰 주머니가 주렁주렁 매달린 힙합 바지를 입었다. 어깨에 닿을 듯 긴 머리카락은 구불거렸고, 귀에는 귀걸이까지.

역시나 정남이는 선망의 눈길을 한시도 떼지 못했다. 교복 바지통을 걷기 불편할 만큼 줄여 입고, 여름방학 때 염색한 노란 머리칼이 빠지지 않아 개학날 걸린 뒤, 다음날 머리를 빡빡 밀고 왔던 아이다.

선생님은 정남이보다 더했다. 튀어도 이만저만 튀는 게 아니다. 이런 우중충한 학교에, 고지식한 늙다리 선생이 대부분인 사립 남자 중학교에 저런 날라리 선생이라니. '겁대가리'를 상실했거나, 학교 분위기 파악을 영 못하는 싹수머리가 틀림없었다. 아이들은 몇 번 겪어 봐 익숙한 듯 보이는데 나는 영 적응이 되지 않았다.

"파도가 쏠려 와 라미 씨를 덮쳤다. 라미 씨는 내 애인이거든."

"에이……."

음악가가 될 것도 아닌데 #의 음자리, b의 음자리까지 달달 외워야 하는 중학생의 비애를, 음악 선생님은 농담 섞인 즐거움으로 슬쩍 바꿔치기했다. 음자리 '파도솔레라미시'의 순서를, 자기 애인 라미 씨를 파도가 와서 덮쳤다나 어쨌다나.

"오늘 내 주머니엔 뭐가 들었을까? 이것의 주인이 되고 싶은 친구는 금방 배운 노래를 부르면 된다. 단, 어떻게 부르라고? 잘!"

"열심히! 최선을 다해서!"

아이들이 한목소리로 외치는 걸 듣고 놀랐다. 너도나도 손드는 걸 보고 또 한 번 놀랐다. 한 놈이 그럴 듯하게 노래 부르고 나니 음악 선생님이 지그시 감았던 눈을 떴다.

"와우! 멋있어요! 네 노래, 내 엠피쓰리에 녹음 좀 해 줄래?"

한 주머니에서 엠피쓰리가, 다른 주머니에서는 허쉬 초콜릿이 나왔다. 받은 아이가 초콜릿에 입을 맞추고는 아쉬워하는 아이들 앞에 승리의 여신처럼 흔들어 보였다.

'먹을 거 밝히는 아이들에, 그걸 이용하는 교사라니.'

그런데 유치하지 않았다. 신선했다. 음악 선생님의 호주머니를 아이들은 마술 주머니라 부르는 모양이었다. 초콜릿, 사탕, 땅콩, 어떨 땐 꿀떡이 나올 때도 있다고 했다. 마술 주머니에서 뭐가 나올까 하는 기대로 아이들이 다음 시간을 더 기다리는 것 같기도 했다. 악보 그리기 숙제를 내주면서는 이렇게 말했다.

"악보를 그리면서 좋은 노래와 훨씬 친해질 수 있거든. 하지만 숙제 검사는 하지 않겠어."

내게 놀라움은 계속 진행형이었다. 교실로 돌아가자마자 음악 공책을 꺼내는 놈들이 있지 않은가. 숙제 안 하기로 유명한 정남이까지 말이다. 과학 숙제였다면 아무리 매 맞고 엄포 당해도 무시했을 텐데.

다음 음악 시간이 나도 은근히 기다려졌다. 나 자신도 놀라웠다. 이제까지 다음 수업 시간을 기다린 적은 한 번도 없었기에.

"~~왜 죽고 나면 사라지는 걸까. 왜 내가 사랑하면 떠나는 걸까. 난 그게 너무 화가 났어~~"

일주일 뒤였다. 1교시에 음악실로 가면서도, 자리에 앉아서도 입속으로 흥얼거렸다. 요즘 한창 뜨고 있는 가수의 노래다. 아침밥 먹을 때 라디오에서 흘러나온 노래가 내내 귓전에 남아 있었다.

"~~남몰래 그 누구를 몹시 미워했지. 왜 자꾸 끌려가듯 떠나야 할까~~"

아이들 웃음소리에 정신을 차렸다. 음악 선생님이 또 재밌는 얘기를 한 모양이다. 밖에는 겨울을 재촉하는 비가 내리고 있다. 을씨년

스러운 날씨에다 유리창마다 검은 커튼이 둘러진 음악실 안은 더 우중충했다. 헌데 아이들 웃음소리에 검은 구름이 단박에 걷힌 듯 공기가 맑고 청아해졌다.

"불러 봐요! 한 번 불러 봐요!"

"진짜라니까. 얼마나 가수가 되고 싶었다고. 가능성도 높았다니까."

"그러니까 불러 보라니까요?"

"어서요!"

걸걸한 남자 아이들 목소리가 음악실 안을 우우 울렸다.

"그렇다면 좋아. 난 사양지심을 모르거든. 음, 음……"

"보~ 리~ 밭~~ 사~ 잇길로 걸~ 어가면~~ 뉘~ 부르는~ 소리~ 있어~~"

우리는 목소리가 초대하는 세계로 실려 갔다. 음악 선생님 목소리는 이렇게 가랑비 오는 날, 우산 위로 부딪치는 빗방울만큼이나 부드러웠다. 남자 목소리가 저리 아름다울 수도 있다니. 천상의 목소리라는 게 이런 것일까?

노래가 끝났다. 아이들이 "한 곡 더!" "한 곡 더!"를 쏟아냈다. 음악실이 떠나갈 듯 시끄러웠다. 선생님은 마지못한 듯 다시 불렀다.

"~~왜 죽고 나면 사라지는 걸까. 왜 내가 사랑하면 떠나는 걸까. 난 그게 너무 화가 났어. 남몰래 그 누구를 몹시 미워했지. 왜 자꾸 끌려가듯 떠나야 할까~~"

내가 좀 전까지 흥얼거리던 노래였다. 고음에서 통쾌하게 폭발하고 중저음에서는 가슴 밑바닥을 훑어 내는 목소리. 소름이 돋았다.

낮은 음으로 내려갈 때는 흐느낌 소리 비슷해 미묘한 감정을 일으켰다. 게다가 빠른 박자로 읊어 가는 랩까지.
 "~~어느 날 밤 이상한 소리에 창을 열어 보니 수많은 별들이 하늘을 덮고 있었어. 유에프오처럼. 그리고 별밭 아래는 떠났던 그 소년이 서 있었어. 속삭이듯 내게 말했지. 이제야 돌아왔다고~~"
 환호성과 박수 소리가 음악실 안을 가득 메웠다. 아이들이 다투어 물었다.
 "왜 가수가 못 됐어요?"
 "부모님 반대가 만만치 않았지."
 "그래도 하지. 성공했을 텐데."
 "성공보다 노래가 좋았을 뿐이야. 좋으니까 자꾸 부르게 됐고, 그러다 보니 잘하게 됐고."
 "왜 반대했어요?"
 "우리 부모님은 선생 왕 팬이야. 가수 같은 거보다 선생이 세상에서 최고라고 여기는 분들이거든. 두 분 다 선생이야."
 "에이, 너무했다."
 아니, 다행이다. 가수가 됐다면 텔레비전에서 나 가끔 보는 먼 세상 사람이었을 테고,

나와 만날 일도 없었을 테고, 이 삭막한 학교는 전과 똑같았을 거다. 그런데 저 사람은 학교와 선생들에 대한 내 생각을 조금씩 깨뜨리기 시작했다. 저 사람이 벌려 놓은 틈새는 자못 크게 벌어져 갈지도 모르겠다.

"그래서 어떡했어요? '예, 알았어요.' 그러고 말았나요?"

"그럴 리가 있니? 무지 반항했지. 가출도 했고. 학교를 그만뒀다 다시 다니기도 했고, 실컷 놀기나 하려고 밤새워 아르바이트도 했지."

"우와!"

"난 놀 때도 평범하게 놀긴 싫거든. 폼 나게 놀려고 계획 꼼꼼히 세우고 시간, 돈, 노력을 아낌없이 투자하지. 그렇게 놀던 버릇을 선생이 된 지금도 못 고치고 있지만, 맘껏 놀고 에너지를 재충전하면 세상이 훨씬 활기차지고 의욕이 솟는단 말야. 니들도 더 늦기 전에 실컷 놀고 즐겨라. 그게 바로 행복이니라. 카르페 디엠!"

아이들이 책상까지 두드리며 좋아라 했다.

카르페 디엠! 현재를 즐겨라!

그 말을 처음 만났을 때처럼 신선한 충격을 받았다. 병실 텔레비전으로 본 영화에 나온 말이다. 그러고 보니 음악 선생님과 그 영화 속 선생님과 어딘가 닮았다.

"원하던 가수가 되지 못했는데 후회는 없나요?"

불쑥 묻고는 나도 놀랐다. 수업 시간에 질문을 하다니. 아이들도 의외였는지 일제히 돌아보았다. 그러나 눈길들은 오래 머물지 않고 이내 선생님한테로 옮겨 갔다.

선생님은 나를 이윽히 바라보았다. 내가 어떤 앤지 들었을 텐데 아무런 동요도 변화도 없는 표정으로. 다만 눈빛만큼은 순해 보이면서도 날카로웠다.

"한때 그랬지만 이젠 아니야. 인생에는 한 가지 길만 있는 게 아니라는 걸 알았거든. 돌아가는 길도 있고, 샛길도 있고. 무엇보다 선생을 하게 된 덕에 너희를 만났잖니. 나도 중학생이었던 어른이거든. 너희한테서는 중학생 시절의 내가 보여서 좋아. 한 가지 더! 내 애인은 음악 선생이라는 내 직업을 무지 좋아하거든."

"라미 씨요?"

한 아이가 외치는 바람에 음악실 안은 다시 웃음바다가 되었다.

"다른 직업을 가졌다고 꿈을 포기한 건 아니야. 내 취미이자 특기이자 전공은 여전히 노래와 작곡이란다. 고1 때부터 틈틈이 만든 곡이 30여 곡 돼. 노래도 있고, 기타 연주곡도 있고. 시디에 담아 라미 씨 생일날 선물할 거야. 가수가 되지 못했어도 이런 행복을 누릴 수가 있지. 모든 예술이 그렇겠지만 음악은 사랑이거든."

누군가 말했다.

"로맨틱해라."

아무도 웃지 않았다.

"라미 씨 많이 사랑해요?"

"그럼. 내 영혼을 뒤흔든 단 하나의 여인인걸."

어떤 녀석인지 생뚱맞은 질문에도 선생님은 멋들어지게 대답했다.

마음이 원하는 길

나는 되도록 조용히 지냈다.

문신은 떠났지만 검은 수첩은 아직 내 가방 안에 있었다. 어딘가로 숨은 덩어리가 내게 다시 돌아오려고 호시탐탐 틈을 노린다는 걸 알고 있었다. 인간과의 전쟁에서 패배해 잠시 물러났지만 재반격의 기회만 엿보는 다크 앨프처럼.

때로 덩어리는 내 가까이까지 와 몸을 출렁거려 날 긴장시켰다. 파괴의 신 그랑카인을 섬기는 다크 앨프의 울부짖음이 들리는 것도 같앉다.

　　아아, 암흑의 왕이여! 그대를 대지 끝으로 쫓아낸 자들에게 피의 복수를. 나를 이곳으로 내몬 이에게 원한의 철퇴를 내리도록 도와주소서. 지금 황혼의 대지에 그림자가 드리워지려 한다…….

덩어리의 그림자가 느껴질 때면 나는 수첩을 꺼내 보고 문신을 생각했다. 문신이 남긴 말도.
"이젠 네게 달렸어."
덩어리가 곁에 다가온 날 밤이면 어김없이 꿈을 꾸었다.
내 몸이 흐느적 흐느적 어딘가로 흘러가고 있는데 저 앞에 불이 났다. 거센 불길 속에 누군가 타고 있다. 내게 중요한 누군가…….
구해야 한다. 구하고 싶은데 팔도 다리도 꼼짝하지 않는다. 마비된 내 몸과 내 의식이 싸우는 동안 누군가는 순식간에 재가 돼 버린다.
세찬 바람이 불고 재가 흩날려 내 얼굴을 확 덮친다. 쏟아지는 기침…….
덕분에 오늘도 잠에서 깼다. 진짜 불구경이라도 한 것처럼 얼굴이 뜨겁다.
'겨우 미로에서 벗어나니까 이젠 불이야?'
내가 잠든 동안 몸에서 빠져나간 내 혼이 제멋대로 돌아다니는 것만 같다. 무얼 찾으러 다니는 건지…….
학교에 가려고 가방을 메다 몸이 휘청했다. 가방 안에 돌덩이라도

든 것 같았다. 그대로 땅바닥에 처박힐 것 같은 기분을 누르며 집을 나섰다. 밖에는 눈부신 햇살이 쏟아지고 있다. 길가에 쌓인 은행잎들이 햇살을 받아 황금빛으로 빛났다. 그때 가방 앞부분이 스르르 열리는 느낌이 들었다. 가방을 내려 보았지만 앞부분의 지퍼도 수첩도 그대로다.

"내가 왜 이러지?"

가방을 다시 메고 걸음을 재촉했다. 햇빛은 맑아도 찬 공기를 머금은 바람이 제법 쌀쌀했다. 학교까지 가는 동안 가방이 열린 기분이 자꾸 들어 서너 번 더 확인했다. 어깨가 뻐근했다.

오늘도 생활지도 부장과 면담이 있다. 귀찮고 지겹지만 그마저 없다면 학교가 더 낯설고 마음 썰렁했을지도 모른다. 적당한 감시와 위협은 사람을 적당히 긴장시키기도 하니까.

반 아이들과 허물없이 지내는 것 역시 쉽지 않다. 내가 얼마나 유명해졌는지 다들 내 발소리만 들어도 피해 버리고, 다가가면 쭈뼛쭈뼛 달아나기까지 한다.

"내가 무슨 늑대 인간이라도 되나?"

싹쓸바람이 지나가기만 기다리는 나무처럼 애써 무표정으로 네 시간을 보내고 점심시간.

급식실로 가 여섯 명씩 앉게 되어 있는 식탁의 빈자리에 앉았다. 여느 때처럼 주변의 말소리가 뚝 끊겼다. 조금 지나자 내 곁의 다섯 자리가 모조리 비어 버렸다. 멀찍이 몰려 앉아 떠드는 아이들을 힐끗 보고 숟가락을 들었다. 가슴속에서 뜨거운 게 불끈 치밀었다. 꾸역꾸

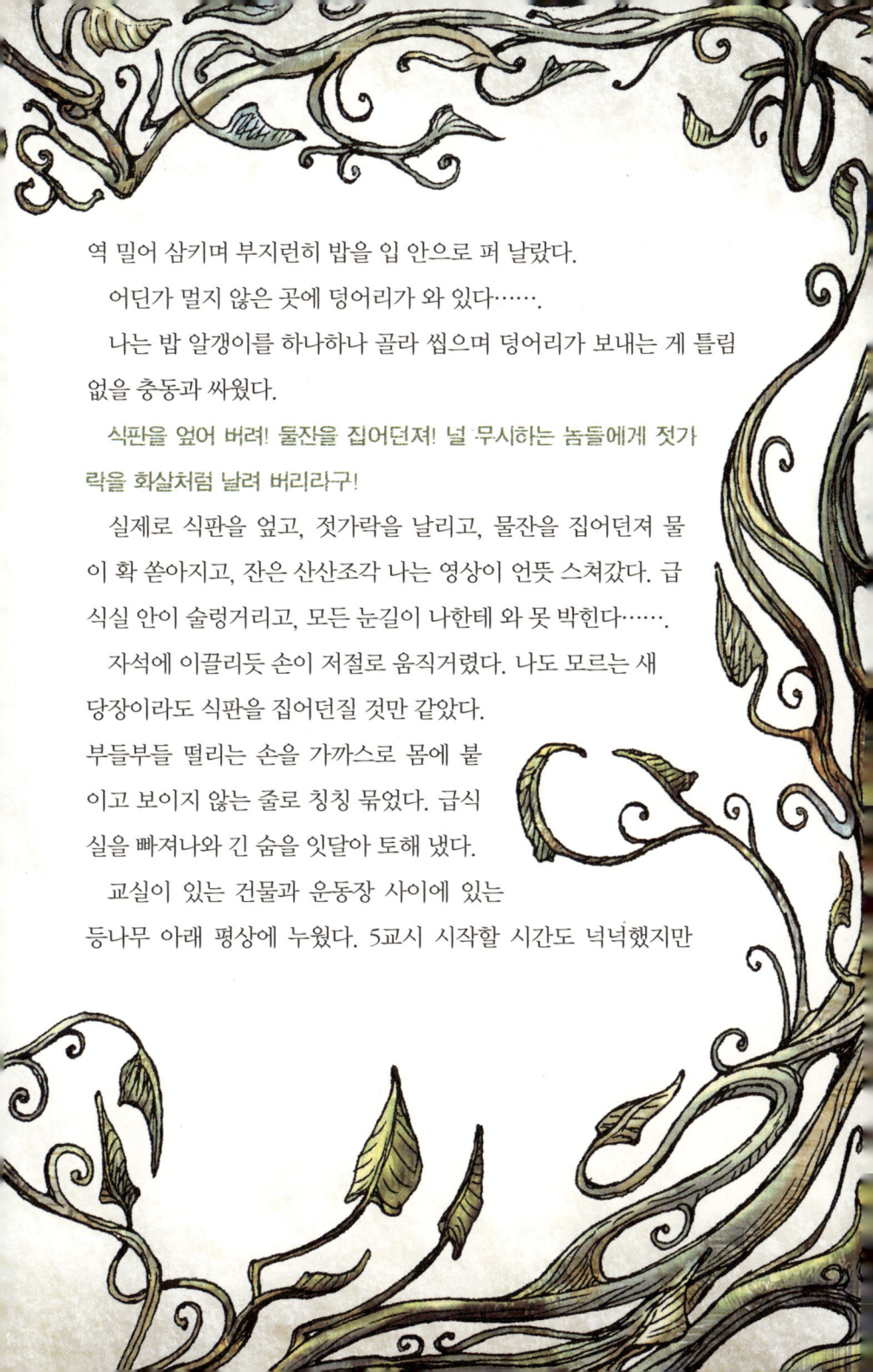

역 밀어 삼키며 부지런히 밥을 입 안으로 퍼 날랐다.

 어딘가 멀지 않은 곳에 덩어리가 와 있다…….

 나는 밥 알갱이를 하나하나 골라 씹으며 덩어리가 보내는 게 틀림없을 충동과 싸웠다.

 식판을 엎어 버려! 물잔을 집어던져! 널 무시하는 놈들에게 젓가락을 화살처럼 날려 버리라구!

 실제로 식판을 엎고, 젓가락을 날리고, 물잔을 집어던져 물이 확 쏟아지고, 잔은 산산조각 나는 영상이 언뜻 스쳐갔다. 급식실 안이 술렁거리고, 모든 눈길이 나한테 와 못 박힌다…….

 자석에 이끌리듯 손이 저절로 움직거렸다. 나도 모르는 새 당장이라도 식판을 집어던질 것만 같았다. 부들부들 떨리는 손을 가까스로 몸에 붙이고 보이지 않는 줄로 칭칭 묶었다. 급식실을 빠져나와 긴 숨을 잇달아 토해 냈다.

 교실이 있는 건물과 운동장 사이에 있는 등나무 아래 평상에 누웠다. 5교시 시작할 시간도 넉넉했지만 교실에 미리 올라가 투명인간처럼 혼자 앉아 있기 싫었다.

바람 소리가 커질 때마다 이파리들이 박자 맞추듯 내 얼굴 위로 떨어져 날렸다.

쏴아~ 푸스스~ 쏴아~ 푸스스~

잎을 한차례 떨굴 때마다 가지가 새로 드러나고 또 드러나고 했다. 잎이 무성할 때는 몰랐는데, 몇 안 되는 이파리를 매단 등나무 줄기는 기기묘묘한 자세로 이리 얽히고 저리 비틀려 있다. 복잡한 세상 속에서 어떻게든 관계 맺고 살아가는 사람들 같았다. 얽힌 나뭇가지 사이사이로 높은 하늘이 조각나 보이고, 그 틈새로 햇빛이 나른하게 내려왔다. 실실 눈이 감겼다.

"팔자 좋군."

머리 위에서 목소리가 들렸다. 눈을 가늘게 떴다. 낯선 얼굴 셋이 보였다. 한 놈이 상체를 구부정하게 굽혀 나를 내려다보는 중이고, 다른 놈은 팔짱 낀 채 등나무 기둥에 기대 서 있다. 그 옆에 또 한 놈이 바지 주머니에 손을 찌른 채 다리를 건들거리고 있었다.

"좀 일어나 보지 그래?"

나를 내려다보던 놈이 말했다.

"무슨 일인데?"

잠시 제자리에 주저앉았던 덩어리가 다시 몸을 일으켰다.

가슴이 울렁거렸다. 나는 느릿느릿 일어나 앉았다. 제 맘대로 움직이려는 손을 꽉 주먹 쥐어 허벅지에 붙였다. 동요하지 않으려고 애쓰며 놈들을 바라보았다. 머릿속으로 차근차근 생각을 정리했다.

'끝까지 무심한 표정 짓기. 시비를 건다면 얼음처럼 차가운 얼굴로 놈들을 겁주고 이 자리를 떠난다. 그런데, 때리지 않고 어떻게? 검은 수첩도 찢어졌는데.'

물론 찢어졌을 뿐이라 약해졌어도 그 위력이 다 사라지지는 않았다는 걸 안다. 내가 덩어리한테 조금만 틈을 보이면 수첩의 힘은 금세 부활하리라는 것도.

'문신은 내가 어떻게 하길 바랄까?'

"널 만나고 싶어 해."

"누가?"

"우리 일짱이."

"그게 누군데?"

"가 보면 알아."

생활지도 부장이 날 구성원으로 만들고 싶어 하던 서클 놈들인가? 놈들의 일짱은 우리 학교 학생은 아닐 거다. 그렇게 눈에 띄는 녀석은 없었으니까. 이놈들은 학교마다 연결 고리가 있다는 그 서클의 세포?

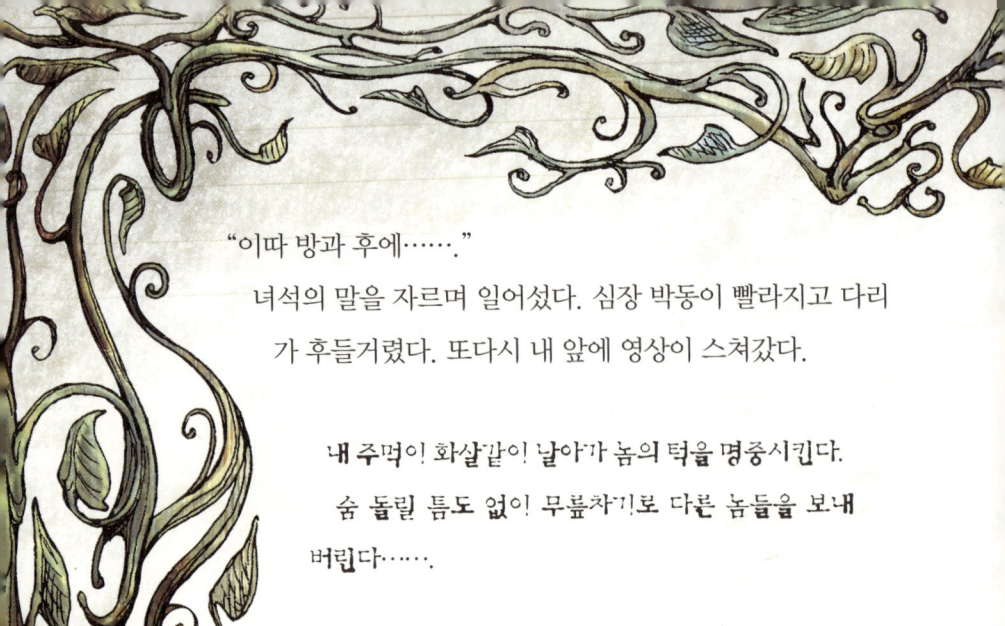

"이따 방과 후에……."

녀석의 말을 자르며 일어섰다. 심장 박동이 빨라지고 다리가 후들거렸다. 또다시 내 앞에 영상이 스쳐갔다.

내 주먹이 화살같이 날아가 놈의 턱을 명중시킨다. 숨 돌릴 틈도 없이 무릎차기로 다른 놈들을 보내 버린다…….

눈앞에 안개가 덮쳐 오고 머리가 서서히 마비되기 시작했다. 이 자리에 서 있는 나를 또 다른 내가 지켜보는 것 같았다. 의식이 몽롱해지려고 했다. 등에서 땀이 흘렀다.

"사양하겠어. 난…… 조용히 살고 싶거든."

목소리가 갈라졌다. 땀에 젖은 주먹을 펴서 천천히 엉덩이를 털었다.

"이봐. 잠깐만!"

"싫다고 했잖아!"

내 손이 멋대로 움직여 어깨 높이까지 올라갔다. 금방이라도 주먹이 뻗어 나갈 것만 같았다. 허리가 휘청거렸다.

"너희들, 무슨 일이지?"

저음의 맑은 목소리가 나를 현실로 돌아오게 했다. 등나무 그늘 아래 놈들을 노려보고 서 있는 나.

"아, 아무것도 아니에요. 가자!"

음악 선생님이 나타나자 지들끼리 눈짓하더니 뛰어가 버렸다. 덩어리도 모습을 감췄다. 나는 긴 한숨을 내뱉었다.

"널 귀찮게 하려던 거 같은데, 괜찮니?"

"괜찮아요."

"얼굴이 핼쑥하다. 어디 아픈 건 아니니?"

나는 말없이 고개만 저었다.

"저 애들, 앞으로 또 그러면 어쩌지?"

"글쎄요. 별수 없겠죠. 내 뜻을 분명히 전달하는 수밖에."

음악 선생님 눈길이 내 얼굴에 와 꽂혔다. 사람을 꿰뚫듯 날카로우면서도 맑은 눈빛. 나는 눈 깜박이는 것도 잊고 똑바로 마주보았다.

선생님이 먼저 눈길을 거두고 평상에 주저앉더니 등나무를 올려다보았다. 나는 가야 할지 있어야 할지 망설였다.

"나뭇잎이 많이 떨어졌네. 이렇게 다 떨구곤 내년 봄에 또 새잎을 틔우겠지. 그러면서 성장하는 거지."

맥이 풀렸다. 이 사람한테서도 지당박사들이

나 하는 말을 듣게 되다니.

"나한테 무슨 말이 하고 싶은 거죠?"

내 목소리의 가시가 느껴졌는지 선생님이 서 있는 나를 올려다보았다. 뜻밖에 눈빛이 어둡고 깊었다. 겹겹이 쌓인 상처라도 되새기는 듯 어떤 그늘 같은 게 얼굴에도 배어 있었다.

"뭐, 그냥……. 널 보니까 내 중학생 시절이 떠올라서."

"날 몇 번이나 봤다고!"

"여러 번 보지 않아도 직감이라는 게 있지. 할 말을 잔뜩 안고 토해 내지 못하는 그 눈을 보면……."

당황스러웠다. 털을 곤두세운 고슴도치처럼 마음에 가시가 돋았다.

'날 언제부터 알았다고 그딴 소릴 지껄여요!'

입 밖으로 뱉진 않았어도 내 얼굴에 다 드러났던 모양이다.

"미안하구나. 본의 아니게 널 불편하게 했다면."

마음속 어딘가 계속 뒤틀렸지만 나는 머무르는 걸 택했다. 목이라도 졸린 듯 탁하고 건조한 목소리와 우울한 표정도 그렇고, 이렇게 찝찝한 심정으로는 가 버릴 수 없었다. 평상 끝에 천천히 엉덩이를 걸치며 투덜거렸다.

"그런 이상한 말 들으면 마음이 영 껄끄럽다고요. 사람한테 껄끄럽고 마음 불편한 거, 내가 밑지는 거 같아 싫어요."

선생님이 푹 하고 바람 빠지는 소리를 내며 웃었다. 이제야 라미 씨 애인다웠다. '라미 씨 애인'은 아이들이 붙여 준 음악 선생님 별명이다.

"웃지 마요! 기분 나쁘게. 씨이!"

"너답구나. 이해해. 밑지는 거 나도 싫어하거든. 장사를 해도 남자고 하는 건데."

옆에서 자꾸 쿡쿡거리는데도 마음에 꽂혔던 가시들이 힘을 잃고 하나 둘 떨어져 내렸다. 내 마음을 콕콕 쑤시고 불편하게 하는데도 밉지 않은 건 흑문도령 이후 처음이었다. 문신이 떠오른 탓인지 생각지도 않은 말이 튀어나왔다.

"난 학교가 감옥 같아요."

라미 씨 애인이 웃음을 그치고 진지해졌다. 어두웠던 얼굴빛도 처음처럼 돌아왔다.

"감옥 안에서도 얼마든지 자유로울 수 있지. 마음이 원하는 길만 찾아내면."

"그게 뭔데요?"

"그건 네가 찾아야지."

"선생님들은 성적과 점수밖에 모르고 아이들은 날 괴물 취급하는 학교에서요?"

"그래도 애들이 물총에 오줌을 넣어 쏘아 대지는 않잖니."

"에? 누가 그런 일을 당했는데요?"

"중학생이었던 나."

"선생님, 왕따였어요?"

"그런 셈이지."

"왜요?"

"글쎄다. 내 몸매가 멋있게 마른데다가 너무 섬세한 외모 탓이었을까?"

이번엔 내가 피식 웃었다.

"그뿐인 줄 아니? 책이 번갈아 없어지기도 했지. 일주일 동안 영어책이 없어졌다 나타나면 다음엔 국어책, 이런 식이었지. 되찾은 책에는 형편없이 낙서가 돼 있기도 하고, 칼로 북북 그어 너덜거리기도 했고."

"왜 대들고 싸우지 않았어요? 분하지도 않았어요?"

"난 겁쟁이였거든."

"설마, 혹시 더 큰 문제에 말려들까 봐서는 아니고요?"

"넌 똑똑하구나. 나보다 내공도 강한 거 같고. 뭐 틀린 말은 아니지만, 싸운다고 해서 해결되는 건 없을 거라는 생각도 했겠지."

"그래도 어떻게 가만있을 수 있어요?"

"물론 이를 악물고 괴로워했지. 놈들을 죽여 버리고도 싶었고. 하지만 그보다 훨씬 무서웠던 것도 사실이었어."

이해가 되면서도 음악 선생님이 그토록 약한 사람이었다는 건 상상이 안 갔다. 저렇게 밝고 당당하게 사는 듯 보이는 사람이.

"학교 가는 게 죽기보다 싫었어. 아침마다 어디로든 도망가고만 싶었지. 어떻게 자살하지 않고 견뎌 냈는지 지금도 신기해."

"어떻게 견뎠는데요?"

"글쎄, 우연히 빠져든 음악 덕분이었을까? 어느 날 학교 가던 길에 목욕탕을 보고 불쑥 들어간 적이 있어. 이른 아침이라선지 아무도 없었어. 뿌옇게 김 서린 거울 앞에 발가벗고 서서 생각하고 또 생각했지. 내가 여기서 무얼 할 수 있을까? 너, 목욕탕에서 발가벗고 할 수 있는 게 뭐가 있을 거 같니?”

 “글쎄요. 머리 감고, 물장구치고……."

 “아니. 목욕 말고, 뭘 할 수 있을까? 아무리 생각해도, 노래와 춤밖에 없더라. 그래서 노래를 불렀어. 큰소리로, 목욕탕이 떠나가도록. 주인이 와서 나가라고 쫓아낼 때까지 고래고래 소리 질렀어. 근데 신기해. 그때까지 내 몸속에 숨어 잠자던 세포들이 다들 깨어 일어나는 느낌이 드는 거 있지. 가슴속이 후련해졌어. 옷을 주워 입고 나와 학교에 갔지. 교문으로 들어서면서 처음으로 내 마음에 투명 망토 같은 걸 뒤집어씌웠어. 무슨 일이 생겨도 놀라지 않는다. 어떤 일을 당해도 질질 짜지 않는다……."

 “노래 한 번 했다고 그게 돼요?”

 “우연히 시작된 일이 삶 전체를 바꿀 수도 있는 거니까……. 실은 애들이 날 따돌리기 시작한 게, 음악 시간에 노래할 때 내 목소리가 튄다는 말도 안 되는 이유였거든. 인기 많던 예쁜 음악 선생님이 내 목소리 곱다고 감탄한 적도 있고. 그 뒤부터는 노래 한 번 맘껏 부를 수 없었거든."

 “그래서 나아졌어요?”

 “쉽진 않았지. 그래도 머릿속이 하얘지고 몸이 뻣뻣하게 굳을 때마다 벗겨지려는 망토를 가까스로 붙들며 음악 속으로 파고들었어. 멜로디를 떠올리고, 음을 작곡해 보고, 내가 부르는 노래를 생각하고, 내가 치는 기타 연주를 상상했어. 거듭될수록 점차 내 마음을 다스리게 됐고, 감정에 휘둘리지 않게 됐고, 그 애들을 무시할 수 있게 되었지."

"비겁해요."

"맞아, 비겁했어. 맞서 싸워야 할 때도 있으니까. 하지만 그때는 뒤로 물러서는 걸 택했어. 맞설 용기도 없었고, 어차피 상대도 되지 않는 싸움이었고."

"……."

"내가 맞섰다고 해도 정당한 싸움도 아니잖아. 그 애들한테는 무리가 하나를 괴롭히는 폭력일 뿐인데. 폭력과 싸움은 다른 거니까. 너희들의 폭력에 마음까지 굴복하지 않겠다…… 그 생각뿐이었지."

"그래도 나라면 맞섰을 거예요. 어디가 부러지거나 죽을 만큼 다치더라도. 요즘엔 두들겨 패고 다 깨부수고 싶은 충동을 누르느라 애쓰긴 하지만."

"충동을 애써 참는 것과 마음을 다스리는 건 다르지. 자기 감정 다루는 법을 배우지 못하면 감정에 지배당하기 쉬워."

'감정 다루는 법…….'

"학교가 감옥 같다고 했니? 학교는 머지않아 졸업할 거야. 끝나 버리면 그 뒤의 삶은 몇 배나 길어. 지금 이 시기에만 모든 걸 매어 놓을 필요가 없어. 하지만 학교에서 나가기 전에 다음 인생을 위해 준비해야만 하는 것들은 있겠지."

"……."

"난 네가 단 한 번뿐인 중학생 시절에 충동을 참아내느라 에너지를 허비하기보다는, 대신할 뭔가를 찾아내고 몰두하고 성취해 봤으면 좋겠다. 그러지 않으면 안으로만 곪게 될 수도 있어. 네가 가장 목말라 하는 게 뭔지 한 번 물어봐, 너 자신한테. 그 답은 너만 찾을 수 있으니까."

결국 지당박사들이나 할 법한 이야기로 돌아갔다. 가시들이 또다시 달라붙는 것처럼 마음이 불편해졌다. 이 사람만은 다를 줄 알았는데.

5교시 시작을 알리는 종이 울렸다. 라미 씨 애인은 일어서서 몇 걸음 걷다 멈추더니 말했다.

"아, 밴드나 댄스 동아리를 만들까 하는데. 학교 분위기가 너무 살벌하기만 한 거 같아서 말야. 너도 끼어 볼래?"

뭐라 대답하기도 전에 "한 번 생각해 봐라." 하고는 성큼성큼 가 버렸다.

사랑이란

 허름한 다세대 주택 반지하로 이사하는 동시에 엄마는 대형 할인 매장에 취직했다. 사람을 많이 만나는 다른 일을 해 보고 싶다지만, 가정 부업보다는 보수가 낫기 때문이라는 걸 안다.
 "고등학교 가면 학원에도 다녀야지. 남들 다 다니는데. 휴대전화도 필요할 테고."
 "난 휴대전화 같은 거 필요 없어."
 "엠피쓰리가 필요하면 했지." 하는 말은 꿀꺽 삼켰다. 솔직히 반에서도 휴대전화 없는 아이가 몇 안 되는 형편이니만큼 빼앗아서라도 갖고 싶은 적도 있었다. 그러나 생각해 보면 내게는 문자 메시지 주고받을 친구 하나 없었다. 아이들이 휴대전화로 즐기는 게임 따위는 컴퓨터나 게임방에서 얼마든지 해결이 됐다. 사진 찍기 같은 건 애초에 관심 밖이고.

다들 목매는 입시 준비에 끼어들고 싶은 생각은 없으니, 내게 절실한 건 학원보다 엠피쓰리 쪽이었다. 늘 귀에 꽂고 다니며 노래를 듣고, 내키면 춤도 출 수 있다는 건 상상만으로도 황홀했다. 대학 진학이나 내 장래에 대해 조만간 엄마와 진지하게 의논해 보리라 생각하다 엉뚱한 소리를 뱉어 버렸다.

"아버지가 내 양육비 같은 건 안 줬어?"

엄마 얼굴이 석고상처럼 굳어졌다. 그러나 금세 아무렇지 않은 얼굴로 또박또박 대답했다.

"준다고 했는데 엄마가 거절했어. 나랑 같이 사는데 네 학비 정도는 내 힘으로 벌어 보고 싶었어."

엄마 목소리는 나지막했고 울음기가 약간 밴 것도 같았다. 난 입을 때려 주고 싶을 만큼 후회했지만 엎질러진 물이었다. 혹시 엄마 눈에 눈물이라도 비치면 어쩌나 싶었는데 아니었다.

"어쨌든 앞으로 엄마 볼 시간이 많지 않을 테니 그게 미안하네."

오히려 엄마 얼굴엔 단호함 같은 게 스쳐갔다. 사람 변하는 건 한 순간이라더니 '우리 엄마 맞아?' 싶을 지경이었다. 그 때문이었을까? 진작부터 묻고 싶던 말을 입 밖에 내고 말았다.

"아버지가 밉지 않아?"

엄마는 오늘따라 내가 이상하다는 듯 멈칫했지만 이내 대꾸했다.

"미웠지…… 죽이고 싶도록 미웠어. 당신을 얼마나 사랑했는데, '나한테 이렇게밖에 못해?' 생각하니까 괴로웠지."

고개 끄덕이는 엄마를 따라 나도 고개를 주억거렸다.

"근데 생각해 보니까, 그건 사랑이 아니었던 거 같기도 해. 내가 당신을 사랑하니까 당신은 내 거라는, 나한테서 한눈팔면 안 된다는 집착 같은 거."

"그럼 이젠 아버지를 사랑하지 않는 거야?"

"사랑하지. 이제야말로 진짜로 사랑하는 것도 같애."

마음이 무거워졌다. 엄마가 내 표정을 읽은 듯 재빨리 덧붙였다.

"그래서 이젠 아버지의 행복을 진심으로 빌어줄 수도 있을 거 같아. 그 사람, 자기 마음이 원하는 길을 따라갔으니까."

잘 모르겠다. 어떤 깨달음이라도 얻은 듯한 엄마의 말을 이해하기에 나는 아직 어린가? 계절이 바뀌는 것처럼 사람 마음도 그때그때 달라진다는 건가?

다만 사랑이라는 건, 자기 자신도 어쩌지 못하는 건지도 모르겠다. 몸속에서 제멋대로 화학반응이라도 일어나는 것처럼 말이다.

무협지 『천랑』

에서는 악인들 소굴에서 목숨 걸고 구해 낸 여인이 다른 사람을 사랑하게 되자, 무사는 스스로 그 남자의 칼에 찔려 죽는다. "천 소저를 잘 부탁한다"는 당부까지 남기면서. 자기를 배신한 여인을 위해 목숨까지 내놓는 무사의 심정을 나는 알 수 없었다. 그런데도 애틋한 마음이 들었다. 지금 엄마 말을 듣고 난 내 마음의 움직임처럼.

　재래시장 자리에 새로 들어선 대형 할인 매장 2층에서 엄마는 옷 파는 일을 맡았다. 전에는 거들떠도 안 보던, 장식 요란한 재킷이며 몸에 착 달라붙는 바지를 입고 웃으며 손님을 맞는다. 나도 가끔 들르는데 판매대 옆에 선 엄마 모습이 아직도 낯설다. 그렇게 한두 시간만 있어도 다리가 아픈데, 엄마는 아침 10시부터 저녁 8시까지 내내 서 있다. 주말이나 월말엔 야근도 했다. 그래도 내가 놀러 가면 뭐든 골라 보라며 나한테 사줄 수 있어 뿌듯하다는 얼굴을 한다.

　"우리 아들 왔네. 노래 시디 사 줄까? 엄마는 직원가로 사는 거 알지?"

　그나마 해골처럼 야위고 까칠했던 엄마 얼굴에 차츰 혈색이 돌아오고 살도 붙는 것 같아 다행이다.

　한 번은 지친 모습으로 들어와 내가 해 놓은 밥과 김치찌개를 허겁지겁 먹는 엄마한테 말을 건넸다.

　"힘들지?"

　"몸은 좀 힘든데 일은 재미있어. 몸도 차차 적응되겠지?"

　엄마는 웃으며 말했다. 엄마 콧잔등에 송송 맺힌 땀방울을 보다가 불현듯 어떤 생각이 들었다.

　"엄마, 혹시 자청비 여신 알아?"

"자청비? 술?"

"술은 무슨? 남편인 문 도령이 한눈파니까 그 여자한테 보내 버리고, 자기는 하늘나라에서 오곡 씨앗을 갖고 내려와 사람들한테 농사짓게 한 여신. 엄마랑 닮았어."

"그래? 이거 영광인걸."

후후 웃던 엄마가 정색을 했다.

"그보다 엄마는 요즘 들어 점점 나 자신을 알아가는 거 같아 좋을 때가 있긴 해. 어릴 때 어렴풋했던 내 미래 모습, 내가 그렸던 어른의 모습이 자세해진다고 할까? 사실 엄마 결혼 앞뒀을 때 막연히 불안했거든. 결혼 생활에 묻혀 의존하며 살게 될까 봐. 그런데 어느 날 보니 역시 그런 삶을 살고 있더라. 그래서…… 그걸 깨뜨려 준 아버지가…… 고맙다는 생각도 들지 뭐야. 이런 걸 동전의 양면이라고 하나?"

"잃는 게 있으면 얻는 게 있다고도 하지."

엄마가 눈을 동그랗게 떴다.

"너도 제법이네."

'뭘, 흑문도령이 한 말인데.'

"아, 그리고 너한테 언젠가 말하려고 했는데, 지금 해 버릴래. 혹시…… 아버지한테 가고 싶으면…… 언제든 얘기해. 난 너랑 같이 살고 싶지만, 네가 없어도…… 이젠 괜찮아. 이겨 낼 수 있어."

나는 대왕님 같은 말투로 한껏 거드름을 피우며 말했다.

"이제는 원천강 선녀 같은 소리를 하네."

"뭐어? 선녀? 내가 선녀 같다고?"

"응, '오늘이'라는 이름을 가진 시간의 여신."

엄마는 "오늘이? 오늘이……." 하고 중얼거렸다.

빈 들판에서 새 한 마리를 벗 삼아 홀로 자란 오늘이는 수만 리 머나먼 길을 떠나 원천강까지 가 부모를 만나지만, 뒤돌아서 수만 리 길을 다시 돌아온다. 굳이 부모 곁에 머물러야만 함께 있는 게 아니라는 것, 혼자 있어도 혼자가 아니라는 걸 안 것이다. 그리고 나중에 대왕님의 부름으로 사계절과 시간의 원천인 원천강의 신관선녀가 되었다고 흑문도령이 말해 주었다. 명계로 돌아간 흑문도령은 오늘이 선녀도 다시 만났겠지.

"어쨌든 난, 엄마랑 살 거야. 에이, 찌개 다 식었잖아. 다시 데워줄까?"

엄마가 고개를 저으며 활짝 웃었다. 마주보고 나도 히죽 웃었다. 상을 물린 지 10분도 안 지나 엄마는 곯아떨어졌다.

엄마가 야근할 때면 난 알람시계를 머리맡에 놓고 잤다. 다음날 아침 엄마 대신 날 깨워 주는 알람 소리에 눈을 떠, 엄마가 깰세라 조용조용 움직인다. 얼굴을 씻고, 식은 밥을 푸고, 냉장고 문을 열고 반찬을 꺼내 혼자 먹는다. 맛을 느끼기보다는 후딱 먹고 재빨리 치우고 집을 나선다.

엄마가 매장에서 만나기만 하면 "노래 시디 사 줄까?" 할 만큼 내가 노래를 좋아하게 된 건 음악 선생님 탓도 있을 거다. 그러나 춤에 빠진 건 순전히 우연이었다.

하루는 혼자 텔레비전을 보는데 귀에 익은 노래가 나왔다. 음악 선생님이 아이들 성화에 못 이겨 불렀던 바로 그 곡이었다. 올라갔다 내려갔다 느려졌다 빨라졌다, 폭발하듯 흐느끼듯 가슴을 파고들던 노래.

"~~왜 죽고 나면 사라지는 걸까. 왜 내가 사랑하면 떠나는 걸까. 난 그게 너무 화가 났어. 남몰래 그 누구를 몹시 미워했지. 왜 자꾸 끌려가듯 떠나야 할까~~"

내 눈은 열창하는 남자 가수를 지나 그 뒤에서 신들린 듯 춤추는 댄서들한테 멎었다. 댄서들은 랩이 이어지는 동안에도 쉴 새 없이 몸을 흔들었다. 손을 뻗고 다리를 흔들다 뒤로 구르고, 팔짝팔짝 뛰다가 주저앉고. 또 몸을 돌리고…….

지치지도 않고 쏟아내는 에너지에 내 눈이 묶여 버렸다. 경이로웠다. 부르고 듣는 걸로만 알았던 음악이, 노래가, 저렇게 몸을 움직이게 하다니. 즐긴다는 게 저런 건가? 나도 모르게 어깨가 움찔거렸다. 엉덩이가 방바닥에서 떨어지고 싶다는 듯 들썩거렸다.

알 수 없는 힘에 이끌려 천천히 일어났다. 다리를 움직여 보았다. 화면 속 댄서들을 보며 팔짓을 따라해 보았다. 어색하면 어색한 대로, 틀리면 틀리는 대로.

전기라도 통한 듯 몸이 찌릿해 왔다. 노랫말이, 멜로디가 전류처럼 내 안으로 스며들기 시작했다. 천천히 흐르던 노래가 빨라졌다. 내 몸도 빨라졌다. 팔다리가 정신없이 움직였다. 어설픈 막춤인데도, 짜릿함이 나를 훑고 갔다. 박하 향 같은 게 온몸으로 퍼지는 느낌. 그리고 어느 순간, 리듬에 맞춰 몸을 흔들고 있는 나를 발견했다. 내 몸속에서 작은 풍선들이 셀 수 없이 터져나가는 기분.

　소름이 돋았다. 남을 때리고 혼내 줄 때면 찾아오던 그런 짜릿함하고 달랐다. 내 몸속에서 이제야 깨어난 세포들이 소리 지르고 웃음을 터뜨리는 것 같았다.

　춤이라는 거 배워 본 적도 없고, 춰 봤다면 초등학교 5학년 운동회 때 포크댄스라는 걸 단체로 해 본 정도가 다였다. 가을 땡볕에서 하루 서너 시간씩 연습할 때면 그늘에 있는 선생님들이 얼마나 부러웠던지. 아니 미웠던지. 먼지 풀풀 나는 운동장이 밉고, 따가운 볕을 사정없이 내려쪼이는 태양이 밉고, 타는 듯한 목마름이 밉고, 나중엔 내 손을 잡고 몸을 돌리는 여자 짝꿍까지 미웠던 그 포크댄스. 끔찍했던 기억만 남기고 춤은 내 관심 영역에서 멀어졌다.

　그랬던 내가 춤에 꽂히다니. 춤에도 적절한 타이밍이 필요한 것인가? 물론 그 포크댄스와 내가 추는 막춤은 전혀 다르지만, 그때는 지겹기만 했는데 지금은 금세 신바람이 났다. 신기했다. 누군가 내 몸속에 들어와 뼈와 살을 하나하나 새로 맞춰 나가는 기분.

　정신을 차리니 얼굴이며 등이며 겨드랑이 할 것 없이 땀으로 흠뻑 젖었다. 뼈마디가 노골노골했다. 그러나 가슴은 뻥 뚫린 들판처럼 시원했고, 그 속으로 뿌듯함이 밀려들었다.

　그렇게 춤과 만났다. 춤은 날 찾아왔고, 내가 저를 사랑하게 만들었다.

　"제대로 한번 배워 봐?"

　어쩌 그럴 기회가 쉬 와줄 것 같지는 않았다. 스스로 위로했다.

"일단 해 보지 뭐. 하다 보면 늘 테고 춤의 기술 같은 것도 쌓이지 않겠어. 배울 수 있으면 좋겠지만, 날 가르치는 사람도 누구한테 배웠을 테고, 거슬러 올라가면 애초의 누군가는 배움이라는 거 없이 시작했겠지."

그 뒤로 심심해도 추고, 텔레비전 보면서도 추고, 노래 들을 때도 춤을 추었다. 판타지 시리즈물을 한 권씩 읽어치우고도 춤을 췄다. 그 이야기들이 내 안으로 들어와 춤과 함께 남을 건 남고 걸러질 건 걸러지기라도 할 것처럼. 그래도 대여점에서 판타지 소설 빌리는 횟수는 점차 줄었다. 안 그래도 정말 괜찮은 몇 작품 빼고는, 시리즈를 읽어갈수록 끝이 뻔히 보이고 정신없이 흘러만 가는 공상에 흥미를 잃던 중이다.

비디오테이프도 보고, 인터넷 동영상을 따라하며 춤 동작을 수십 번 수백 번 연습했다. 팔로 바닥을 지탱하고 하늘 향해 다리를 넓게 벌리거나, 몸을 뒤집어 팽이처럼 돌린다거나 하는 어려운 동작을 어쩌다 해내면 말할 수 없는 희열을 느꼈다. 몸은 넘어질 듯 위태위태하고―실제로 넘어진 적이 더 많다― 땀은 비 오듯 쏟아져도 그 순간만큼은 나를 잊었다. 하늘을 거꾸로 들어올리고, 세상에 거침없이 발길질하는 통쾌함. 나를 감고 있는 사슬들이 헐거워지는 듯한 해방감을 맛봤다.

저 숲도 한때는

<u>겨울방학</u> 하는 날 새벽에 눈이 내렸다.

학교 진입로며 담장은 새하얀 이불을 덮었고 플라타너스 나무는 가지들마다 흰 눈을 이고 있었다. 나뭇가지에 핀 눈꽃들이 햇살과 만나 보석처럼 반짝거렸다.

"19세기 지하 감옥 같은 학교도 그나마 멋있을 때가 있네."

방학식이 끝나고, 나는 아이들이 다 빠져나간 교정 등나무 아래 앉아 있었다. 내가 틈날 때마다 — 주로 교실에 일찍 들어가기 싫을 때 — 시간을 보낸 곳이다. 마음이 텅 빈 것도 같고, 벅찬 것도 같고, 허전한 것도 같고 종잡을 수가 없었다.

이제 나는 3학년이 된다. 열여섯 내 삶의 길은 또 어떻게 펼쳐질 것인지.

내 곁에 얼쩡거리는 덩어리를 나는 잊지 않는다. 그동안 날 휘둘러 내 안으로 침입하려고 몇 차례나 시도했다. 막무가내인 덩어리와 맞서는 것도 피하는 것도 쉽지 않았다. 어떨 땐 슬쩍 비켜나고, 어떨 땐 덩어리가 부추기는 충동과 맞서느라 기를 썼다. 그때마다 완수 형을 떠올리고, 문신을 떠올리고, 엄마가 말한 자유의지를 생각했다.

겨우 덩어리의 그림자가 사라지고 나면 온몸에 진이 다 빠진다. 하지만 그때마다 신선한 에너지 같은 게 내 안으로 슬그머니 고이는 느낌을 받는다.

'언제쯤이면 덩어리가 나를 완전히 잊고 떠나갈까?'

엉덩이가 시렸다. 손바닥을 엉덩이 밑에 깔고 앉았지만, 냉기는 몸속으로 슬금슬금 파고들었다.

나뭇가지마다 눈이 녹고 있다. 가지만 앙상한 등나무에서도 물방울이 똑똑 떨어져 안 그래도 검어진 나무 밑동을 적셨다. 한때 술만 먹으면 울던 엄마의 눈물 같다.

하지만 엄마가 우는 걸 본 기억도 희미해졌다. 어쩌다 아버지 얘기가 나와도 얼굴에서 표정 변화를 읽어내기 어렵다.

"아버지가 지금도 그 여자와 만나는 걸—벌써 같이 사는지도 모르겠지만— 엄마도 알고 있을까?"

방학 때는 엠피쓰리를 사기 위해 아르바이트를 해 보려고 작정했다. 엄마 모르게 하려고 집에서 먼 곳을 골랐다.

지난 토요일, 버스로 대여섯 정거장 지나 새로 생겼다는 찻집을 찾아갔다. 전단지 붙일 사람을 구한다고 했다.

문을 밀자 딸랑 하는 맑은 풍경 소리가 머리 위에서 났다. 무심코 올려다보는데 마음이 이상했다. 가슴이 탁 막혀 오는 기분. 잘 아는 누군가가 있는 것 같은 느낌. 하지만 마주치면 안 될 것 같은 절박감이 몰려왔다. 가슴이 쿵쿵 뛰었다.

문에 등을 돌린 채 앉아 있었지만 아버지를 한눈에 알아보았다. 머리칼이 좀더 하얘지고 등은 구부정한 모습. 그러나 어쩐지 홀가분하고 더없이 편안해 보이는 뒷모습.

안개 같은 게 눈앞을 덮쳐 왔다. 건너편 사람한테로 눈을 돌렸다. 엄마 나이와 비슷할까? 하지만 엄마보다 훨씬 밝고 생기 있어 보였다. 아버지가 무슨 말인가 하고 그 여자가 활짝 웃었다.

그대로 몸을 돌려 나오기까지 1분도 걸리지 않았는데 내게는 길고도 긴 시간이었다. 문밖에서 안을 들여다보았다. 선팅을 진하게 한 유리 때문에 아무것도 보이지 않았다.

집을 나갈 때 아버지는 오피스텔로 자주 찾아오라 했지만 나는 한 번도 가지 못했다. 그 여자와 마주칠까 봐 겁났다. 아버지의 첫사랑이라던 그 여자와 재혼한다는 말이라도 들을까 봐 두려웠다. 그런데 뜻하지 않은 곳에서 그 여자를 보았다.

'엄마는 이제 아버지의 행복을 진심으로 빌 수 있을 거 같다지만, 나는 어떨까? 저 여자가 아버지와 결혼한다면 선뜻 새엄마라 부를 수 있을까?'

단단하고 깜깜한 유리 앞에 서서 그런 생각을 했다.

"추운데 혼자 뭐하니?"

음악 선생님이 곁에 와 앉을 때까지도 눈치 채지 못했다.

"눈이 오니 학교가 제법 운치 있네. 그림처럼 멋있는걸."

선생님 입에서 하얀 입김이 피어올랐다 사라졌다. 나는 마음속을 가득 채웠던 막막함을 조금씩 밀어냈다. 음악 선생님은 물에 젖어 검은빛이 된 나뭇가지를 보고 있었다.

"저 숲도 한때는 흰 눈 얹힌 나뭇가지였겠지."

"예?"

"내가 좋아하는 시야. 딱 한 줄짜리."

"그런 시가 있어요?"
"누구나 다 특별한 무엇이라는 이야기. 어디서 무엇을 하든. 나도 그렇고, 너 역시 그래."
"꼭 어디 멀리 가는 사람 같아요."
"산다는 게 원래 만났다 헤어지고, 왔다가 또 떠나고 하는 일의 되풀이 아니겠어?"
 아버지 생각을 하던 중이라 그랬을까? 음악 선생님의 말이 난데없이 마음을 때려 왔다. 책에서 어떤 글귀를 보고 가슴이 콱 조여들던 때처럼. 탐색하듯 살폈지만 선생님은 아무렇지 않은 얼굴로 일어섰다.
"나 간다. 방학 잘 보내라. 그리고 잊지 마라. 저 숯도 한때는 흰 눈 얹힌 나뭇가지였다는 걸."
 엉거주춤 따라 일어나 걸어가는 선생님을 눈으로 뒤좇았다.
"웬일로 저런 옷을 다 입었지?"
 밋밋한 양복저고리에 아무 장식 없는 바지가 낯설었다. 방학식 날이니 그랬겠지만 오늘따라 무거워 보이는 가방까지 들고 있었다.
 선생님한테서 가벼운 휘파람 소리가 나더니 곧이어 노랫소리가 들렸다.
"~~내가 노래하듯이 또 내가 얘기하듯이 난 그렇게 살고 싶어라~~"
 바람을 타고 날아오는 목소리가 머릿속을 건드리고 가슴을 울렸다. 음악 선생님이 교문 밖으로 나가 버린 뒤에도 노랫소리는 메아리처럼 계속 들려왔다.

날이 저물고 있었다. 해 지는 시간이 많이 빨라졌다. 다시 눈이라도 오려는지 어둑어둑한 하늘이 잿빛으로 잔뜩 흐렸다.

나는 알 수 없는 허전함에 거리를 쏘다녔다. 안개 낀 넓은 바다에 돛도 노도 없는 배를 타고 홀로 버려진 기분. 뜬금없이 왜 이런 기분에 휩싸였는지 모르겠다. 가방은 또 어째 이리 무거운지.

"~~내가 노래하듯이 또 내가 얘기하듯이~~"

걸음을 멈췄다. 음반 가게에서 길거리로 내놓은 커다란 스피커였다.

"~~난 그렇게 살고 싶어라~~"

"뭐야? 방해되잖아!"

음반 가게와 좁은 골목을 사이에 둔 게임방에서 막 몰려나오던 패거리였다. 골목으로 들어서다 내 어깨와 부딪친 놈이 눈에 악의를 담고 날 노려보았다. 앞서 간 놈들도 흥미롭다는 듯 돌아보았다. 벌써 골목 안에 쭈그려 앉아 담뱃불을 붙이는 놈도 있다.

골목 저 안쪽에 어김없이 나타난 덩어리의 그림자……. 끈질기기도 하지.

언제까지 참기만 할 거야? 목을 부러뜨려 버려! 놈이 먼저 시비를 걸었잖아!

머리가 또 몽롱해진다. 뿌연 안개가 머릿속으로 몰려든다. 아득히 멀리 보이는 안개 속의 산을 지도도 나침반도 없이 나는 찾아가야 한다. 그 앞에 덩어리는 선명하게 우뚝 서서 기다린다. 시커먼 그림자로 날 덮어 버리려고…….
 머리를 흔들고 이를 악물었다. 눈앞이 다시 또렷해졌다.
 내 또래? 아님 나보다 한두 살쯤 많을까? 무스를 발라 치켜세운 머리칼이며, 무릎은 죄 찢어 놓고 밑단은 너덜너덜한 청바지며, 사슬이 주렁주렁 달린 짧은 가죽점퍼며 차림새들부터 눈에 확 띄었다. 그때 한 놈이 골목 안에서 걸어 나왔다.
 "오호라, 이게 누구야?"
 낯이 익었다. 오늘은 쫄카디건에 힙합 바지 차림이지만, 지난번 학교 등나무 아래서 만난 놈이 분명하다.
 "왕싸가지께서 어인 일로? 조용히 살기에 싫증나기라도 하셨나?"
 놈이 입술을 일그러뜨리며 말을 뱉더니 옆의 놈들한테 속닥거렸다. 날 보는 눈빛들이 달라졌다.
 "네가 그 유명하다는 이거냐?"
 또 한 놈이 걸어 나오며 엄지손가락을 세워 보였다.
 "너 콧대가 무지 세다며?"
 "그럼 뭐해? 짖는 법을 잊어버린 개가 된 지 오래라던데?"
 "그런다고 네가 보통 중삐리들처럼 살 수 있을 거 같냐? 노는 물이 다른데."
 지들끼리 말을 주고받으며 내게 가까이 왔다.
 "왜들 이러는데?"
 목소리가 떨렸다. 겁이 나서가 아니라 덩어리의 유혹에 질까 봐.
 '지긋지긋해.'

"뭐, 별거 아냐. 우리와 한 번 제대로 놀아 보자고요."

놈들이 나를 골목 안으로 밀어붙였다.

잘못 들어섰는데 빠져 나올 구멍이 없다. 나는 앞으로 나갈 수도 뒤로 물러설 수도 없었다. 좁은 골목 안은 훨씬 어둠침침했다. 있는 힘껏 저항했지만 숫자에 밀려 나는 벽 쪽으로 몰렸다.

"요즘 우리 기분이 별로거든. 손길이 좀 거칠어도 이해해 주라."

누군가의 손이 내 상체를 밀어 벽에 딱 붙게 했다.

"나, 너희들하고 볼 일 없어. 이거 놓고 보내 줘."

"뭐 그렇게 딱딱해? 안 그래도 한 번 보고 싶었다니까. 하도 유명해서 말야."

"너희는 여럿이고 나는 혼잔데 불공평한 거 아니야?"

"들던 대로네. 불공평? 우리가 언제부터 그런 걸 따졌지? 니들 알아?"

놈이 옆을 둘러보며 동의를 구했다.

"아니. 그런 게 어딨어? 맞짱 떠서 이기고 지면 그걸로 끝이지."

"들었지? 너랑 맞짱 떠 보고 싶다는데."

"난, 그런 거 이제 싫어. 정당하고 이유 있는 싸움 아니면 안 해!"

하지만 내 목소리는 힘없이 목구멍 안으로 기어들었다. 덩어리의 압박을 이겨내느라 안간힘을 쓰고 있었기 때문이다.

넌 되돌아갈 수 있어! 놈들을 해치워 버리고 신의 아이로 돌아가!

"답지 않게 고상하네. 정당하고 이유 있는 싸움?"

어서 주먹을 뻗어! 내가 도와준다니까!

"그게 어느 나라 말이냐? 누구 아는 사람?"

반사적으로 어깨가 굽혀지면서 주먹이 쥐어졌다. 얼굴에 경련이 일고 구역질이 났다. 등에, 이마에 땀이 촉촉이 배었다. 나는 반쯤 들어올렸던 팔을 겨우겨우 내렸다.

별안간 내 살갗 속으로 바람 같은 게 와락 스몄다. 등줄기가 서늘해졌다. 어둠보다 더 짙은 어둠, 칠흑 같은 어둠이 스멀스멀 다가들고 있다. 금세라도 나를 덮칠 것만 같다. 몸이 으슬으슬 추웠다.

덩어리의 거친 숨결이 내 목덜미에 와 닿았다. 심장이 오그라드는 것 같았다. 고압 전류가 흐르듯 손발이 저릿저릿하더니 마비가 왔다. 몸이 천천히 얼어붙기 시작했다.

내 의지라는 걸 던져 버리고 싶다. 그러면 한판에 끝날 텐데…….

'……흑문도령, 내게 힘을…….'

나는 마지막 남은 힘을 짜내고 또 짜냈다. 날 잡고 있는 손들을 가까스로 뿌리쳤다. 휘청거리며 간신히 벽 쪽으로 돌아섰다. 금방이라도 그 자리에 무너질 것만 같았다.

캄캄한 어둠. 내 앞의 벽을 칠흑으로 뒤덮은 덩어리 그림자. 곧장 내게 손을 뻗쳐올 것만 같은…….

입술이 바짝바짝 타들어갔다. 나는 덩어리를 향해 겨우 입을 열었다.

"너…… 진짜 고래 심줄보다 질기구나……. 좋아, 좋다구. 나도 이젠 지쳤어."

"뭐야? 지금 뭐하는 짓이야?"

"겁나니까 쇼 하는 거 아냐?"

"잔뜩 얼었는데?"

놈들의 목소리가 꿈결처럼 들려왔다. 놈들은 나와 벽을 번갈아 바라보며 손가락을 머리에 대고 빙빙 돌렸다.

"쫄아서 완전 맛이 갔구만."

"얘가 진짜 걔 맞아?"

"이런 애송이가 뭘 어쨌다고? 야, 그거 네 멋대로 부풀린 거지?"

"아니야! 진짠데······."

"가자! 다시 만날까 겁난다."

"재수 없어! 퉤!"

놈들의 소리가 멀어져 가는 동안에도 나는 덩어리 그림자한테서 눈을 떼지 못했다.

"우리······ 툭 까놓고 말해 보자고. 내가 어디까지 가길 바라?"

덩어리는 아무 말이 없었다.

하지만 검은 그림자가 살며시 흔들리는 걸 눈치 챘다.

"나도 알아…… 귀중한 것은 쉽게 얻을 수 없다는 거. 내가 시작한 일은 내가 마무리해야 한다는 거. 하지만 나도 할 만큼 했어……."

눈물이 핑 돌았다. 손등으로 재빨리 닦아 냈다.

"난…… 그리 강한 놈이 못 된다구……."

뱃속 깊은 곳에서 치밀어오르듯 갑자기 눈물이 울컥 쏟아졌다.

"제발, 돌아가! 네 세상으로 가 버리란 말이야!"

내 목소리에 울음이 섞였다.

미동도 않던 그림자가 소리 없이 몸을 돌렸다. 연기처럼 움직여 가는 덩어리 그림자한테서 스르륵 스륵 바람 스치는 소리가 나는 것 같았다.

그림자가 사라지자 골목 안이 돌연 밝아졌다. 담배꽁초, 깡통, 과자 봉지들이 발 아래 굴러다니고 있다. 과자 봉지 하나가 제자리에서 뱅글 맴돌더니 바람에 날아갔다.

축 늘어져 골목을 빠져나왔다. 밤바람이 성큼 안겨 왔다. 등이며 이마에 밴 땀이 차갑게 식었다. 몸이 이상하게 가벼워진 것 같았다. 까마득히 높아 엄두도 못 냈던 벽을 가까스로 뛰어넘은 기분.

하나 둘, 하늘에서 눈송이가 흩날리기 시작했다. 작고 하얀 눈송이들이 가벼운 깃털처럼 스피커 위에도 내려와 앉았다. 고개를 쳐들자 내 얼굴에도 내려와 내 눈가를 차갑게 어루만졌다. 눈송이에 섞여 뿌예지는 하늘로 노랫소리가 흩어져 갔다.

"우리는 하늘을 걷고 있어. 우리는 달밤에 떠다니고 있지~~"

네가 보낸 거니

3학년이 되어 처음 음악실로 갔을 때 그 자리에 주저앉을 뻔했다. 피아노 옆에 서 있는 사람은 노처녀 할머니 선생이었다. 그 뒤를 잔인한 웃음 흘리며 날 노려보는 원한의 여신, 과양각시가 언뜻 스쳐 간 것 같았다.

"아직도 내게는 죄 갚음 할 게 많이 남았다는 건가."

라미 씨 애인이 임시 교사였다는 걸 그제야 알았다. 음악 선생이 디스크 수술을 받고 회복하는 동안 빈자리를 채우기 위해 왔던 임시 교사는 작별 인사도 없이 가 버렸다.

가슴이 썰렁해졌다. 마음속에 서늘한 파도가 몰려왔다가 붙잡을 새도 없이 밀려가 버린 것 같았다.

"어디서 무엇을 하든…… 저 숯도 한때는……."

그게 마지막 인사였다니. 아무렇지 않게 그런 말을 하고.

"떠난다는 얘기 정도는 했어도 되잖아. 춤 동아리를 만들자더니 무책임하게."

음악실 문을 열기 전만 해도 마음이 설레었다. 겨울방학 동안 결심한 게 라미 씨 애인이 제안했던 춤 동아리에 가입하자였다. 혼자 익힐 만큼은 익힌 것 같고, 이젠 직접 배워 봤으면 싶었다. 비디오테이프가 늘어지도록 다시 돌려 보아도 화면만으로는 잘 안 되는 동작이 많았다. 엊그제는 한 손으로 방바닥을 짚고 발을 현란하게 움직여 보다 또다시 곤두박질해 허리가 부러지는 줄 알았다.

"함께 배우고 연습하다 보면 혼자일 때하곤 다른 세계를 맛보게 될 거야. 춤 동무도 생길 테고."

그 생각만 하면 가슴이 뛰었다. 오늘 만나면 동아리 얘기부터 해야지 싶었는데.

"역시 삶은 계산대로 흘러가는 게 아니구나."

생각하니 한결 씁쓸했다. 음악 수업 시간은 얼마나 더 끔찍해질까? 열정과 사랑이 느껴지던 수업을 한동안 겪었으니, 게다가 음악과 춤의 매력에 빠져 버렸으니 이젠 음악 시간이 지옥보다 더한 시간이 될지도 모른다.

마음은 돌아서 나가 버리고 싶었지만, 머릿속에서 누군가 자리에 앉으라고 명령했고 난 힘없이 따랐다. 다른 애들한테서도 실망의 몸짓과 소리들이 터져 나왔다. 걸상들도 덩달아 신음 소리를 냈다.

그런데 마법이 일어났다. 음악 선생이 우릴 보고 웃지 않는가. 전혀 꾸민 것 같지 않은, 진심으로 반가운 얼굴로…….

"잘들 지냈어요?"

귀가 의심스러웠다. 목소리도 달랐다. 바뀌었다기보다 찢어지던 고음이 낮은 소리로 내려왔다. 게다가 우리한테 꼬박꼬박 존댓말을.

뒷자리 아이들이 쑥덕거렸다.

"왜 저러냐? 약 먹었나?"

"끔찍한 충격을 받은 건 아닐까?"

"그런다고 사람이 저리 달라지냐?"

"그럼 다른 사람하고 바뀐 게 아닐까? 왜 감전 사고가 나서 언니랑 동생 몸이 바뀐다거나, 교통사고로 죽었는데 그 혼이 다른 사람한테 들어갔다거나…… 그런 영화 많잖아."

"그런 게 영화지 현실이냐?"

수군거리는 걸 봤을 텐데도 음악 선생은 그 애들한테 눈길만 한 번 던졌을 뿐 얘기를 계속했다.

"그러니까 이번 주말에 이 청소년 음악회에 꼭 갔다 왔으면 좋겠다는 거예요. 여러분들 나이에는 느끼는 게 많을 거예요. 직접 듣고 느낄 때 우리 감성은 굉장한 자극을 받으니까. 하지만 숙제 검사는 하지 않겠어요. 가고 안 가고는 자신의 자유의지에 달린 거니까."
'쇠파이프로 머리를 얻어맞기라도 했나?'
나야말로 한 시간 내내 의심했다.
미국의 한 건설 현장에서 폭발 사고가 일어나 혼자 살아남은 사람이 전혀 다른 성격으로 바뀌었다는 얘기를 들은 적 있었다. 외계에서 날아온 생명체가 인간의 몸에 침입해 뇌를 점령하고 그 몸속에 살아간다는 판타지 소설도 생각났다. 소설 속 얘기긴 하지만 어쩌면 저 선생 몸에 외계 생명체가 들어가 뇌 구조를 바꿔 놓거나 한 것은 아닐까? 아니면 라미 씨 애인이 떠나면서 자신의 기를 저 사람한테 죄다 넣어 주기라도 한 걸까?

그렇다고 해도 위안이 되지는 않았다. 나는 쉴 곳 없는 혼령처럼 교실과 복도를 방황했다. 걸상에 구겨져 있어도, 복도를 걸을 때도, 운동장에 나가 뛸 때도, 홀로 떠돌기만 하는 구름인 양 한쪽에 비껴 있었다. 겨우 찾아낸 귀중한 무언가를 잃어버린 듯 마음 붙이기가 어려웠다.

라미 씨 애인과 독특했던 음악 시간이 떠오를 때마다 쓸쓸함이 밀려왔다. 그 느낌은 식지 않는 재처럼 남아 있다 건드리기만 하면 흩날리듯 가슴을 흔들어 놓았다. 나도 모르게 그 선생님이 내게 차지했던 자리가 그토록 컸던 것일까? 그러다 반짝 촛불이 켜지듯 생각이 났다.

"너 친구도 하나 없지?"

"그러는 너는 있어?"

"그럼. 쇠철이 쇠도령, 너사매 너도령, 다들 얼마나 친한데. 너도령은 내가 대왕님들한테 야단맞고 속상할 때마다 노래로 위로해 줬어. 너도령 노래를 듣고 있으면 꿈속에서 서천꽃밭을 노니는 거 같았지. 혼날 때 빠져나갔던 기도 내 안으로 다시 흘러들고……. 세상 무엇과도 견줄 수 없을 아름다운 목소리였는데."

그때 문신의 목소리야말로 꿈을 꾸는 것 같았다.

'혹, 음악의 신이라던 너도령이 라미 씨 애인의 모습으로 잠깐 다녀간 건 아니었을까? 그를 내게 보낸 건 바로…… 흑문도령, 너 아니니?'

서너 달 지나자 감정의 소용돌이도 점차 가라앉았다.

학교생활이 다시금 따분하고 무료해지고 있었다. 학교 안에만 들어서면 쉼 없이 흐르던 시간도, 날 따라오던 공기며 바람도 서서히 뒷걸음질 쳤다.
　모든 게 바래고 모든 게 일시 정지된 듯한 학교. 우리도 수업 시간과 쉬는 시간마다 일시 정지됐다가 다시 재생되었다가를 되풀이하는 기계는 아닐까? 입력된 대로 같은 일만 반복하는 로봇처럼, 걸상에 앉아 책을 꺼내고 칠판을 바라보고 공책 필기를 하는 나를 발견하고 움칫할 때도 있다.
　라미 씨 애인이며 흑문도령에 대한 기억이 차츰 멀어져 가고 있었다. 작년 말에 직접 맞닥뜨린 뒤로 요즘엔 덩어리의 그림자도 느껴지는 일 없어 어떨 땐 정말 내게 그런 일이 있었을까 싶은 생각이 들기도 했다. 하지만 생생하게 일어난 일이라는 걸 누구보다 잘 알고 있었다. 검은 수첩이 여전히 내 가방 안에 있으니까.
　가끔 가방 앞부분 지퍼를 열면 "방심하거나 틈을 보이면 안 돼!" 하듯 검은 수첩이 나를 빤히 바라보았다. 시커먼 표지를 손가락으로 만져 보다, 통과해야 할 터널이 아직 남았다는 경고를 받는 듯해 가슴 서늘해질 때도 있었다.
　먹구름이 온통 하늘을 뒤덮은 날이었다. 폭풍우를 기다리느라 하늘도 공기도 간신히 숨을 참고 있는 듯한 갑갑함이 나를 짓눌렀다.
　나는 교실 창가 자리에 앉아 어둡게 가라앉은 교정을 내려다보았다. 바람이 운동장 구석구석을 휘젓고 있다. 비라도 세차게 쏟아졌으면 싶었다.
　'강한 비트의 음악을 깔고 춤사위를 맘껏 풀어 보고 싶다!'
　내 온몸을 바치고 싶은 일에 대한 갈망이 요즘엔 더 새록새록 피어

오른다.

'내 앞날에 대해 이젠 엄마와 의논해 봐야겠어. 요즘엔 비보이도 많이 뜨고 했으니까 얘기가 통할 거야.'

교실 문 열리는 소리가 들렸다. 무심코 고개를 들다말고 나는 경악했다.

"헉!"

심장이 턱 막히고 머릿속으로 폭풍이 불어닥쳤다.

'어, 어떻게 이런 일이? 설마, 귀신은 아니겠지?'

헤어진 엄마와 아버지 사이에 아기가 생겼다 해도 이렇게 놀라진 않았을 거다. 내 눈은 담임을 뒤따라 교실로 들어오는 녀석한테 못 박혔다.

담임선생님보다 훌쩍 큰 키, 장작개비처럼 비쩍 마른 몸, 창백할 만치 하얀 얼굴에 유난히 붉은 입술, 게다가 우울하게 빛나는 눈빛까지.

녀석은 안경만 빼곤 완수 형을 빼닮았다. 아니, 똑같다!

그러나 교실을 둘러보던 녀석은 나와 마주친 눈길을 무심하게 비껴갔다. 전혀 모르는 사람을 보듯. 바로 저 앞에 있는데도 스르르 멀어지는 것 같았다.

차가운 얼음물을 뒤집어쓴 기분.

"이번에야말로 다른 생명체가 침입해 뇌를 장악한 거야, 뭐야?"

나는 그 전학생한테서 눈을 떼지 못했다. 두렵고 오싹했다.

"정말 완수 형이 아닌 거야?"

놀라운 우연이리기엔 석연치 않고 아니라기에도 영 마땅치 않았다.

난 그 애를 피했다. 그러나 날카로울 대로 날카로워진 내 신경은 녀석한테서 떠나지 못했다. 나도 모르게 자꾸 훔쳐보고 녀석 뒤를 멀찍이 따라붙기도 했다. 무슨 일이 생길 거라는 예감에 가슴 두근거리며 용의자를 미행하는 탐정처럼.

생성의 기,
파괴의 기

완수 형을 빼닮은 그 녀석은 학교에서 볼 수 없는 날이 더 많았다. 가끔 나타나도 자기만의 세계에 빠져 사는 놈 같았다. 수학 시간에 아무도 못 푼 문제를 혼자 풀어낼 때도 있지만, 나도 머리를 조금만 굴리면 될 듯한 쉬운 대답을 끝내 안 하기도 했다. 특별히 몰두하는 일도 없는 것 같고, 누군가 아는 척을 해도 눈길 한 번 치뜨곤 그만. 화장실에도 혼자 가고, 급식실에서도 혼자였다.

녀석 덕분에 신이 난 건 생활 부장이다. 내가 조용하니까 심심하던 참에 잘됐다 싶었는지 벌써 녀석을 두어 번 불러 갔다. 그러나 녀석이 전학 온 뒤 특별한 사건은 아직 없었다.

플라타너스 나뭇잎이 무성해지던 6월 어느 날 체육 시간이었다. 체육 선생님은 회장의 인원 보고가 끝나자 우리에게 축구공을 던져 주고 10분 뒤에 오겠다며 교무실로 가 버렸다.

번호대로 두 패로 나눠 축구를 했다. 반 아이들이 공을 쫓아 운동장 이 끝에서 저 끝으로 물결처럼 쓸려 다녔다. 나는 운동장 한 귀퉁이 긴 의자에 퍼질러 앉아 버릇처럼 그 녀석을 눈으로 좇았다. 녀석은 문지기도 아니면서 골대에 기대 선 채 팔짱을 끼고 하늘을 보고 있었다.

골대 쪽으로 공이 높이 뜨더니 녀석의 머리를 살짝 스치고 땅으로 내려 꽂혔다. 놈이 천천히 몸을 굽히는 게 보였다. 공을 집어 자기 발 앞에 놓은 뒤 녀석은 골대 앞까지 뛰어온 애, 그러니까 골대 쪽으로 공을 찬 아이를 정확히 겨냥했다. 녀석의 발에서 떠난 축구공은 그 애의 머리통을 쇳덩어리처럼 강타하고는 데구르르 굴러갔다. 그 애는 그 자리에 쓰러졌고 아이들 사이에 아우성이 일었다. 녀석은 자기를 따라붙는 눈들을 무시하고 건물 안으로 들어가 버렸다. 나도 천천히 일어나 뒤따랐다.

교실로 가는 줄 알았더니 놈은 화장실로 가고 있었다. 내가 따라 들어갔을 때 녀석은 거울에 비친 제 얼굴을 향해 담배 연기를 내뿜는 중이었다. 연기가 거울 속 얼굴을 반으로 가르고는 흩어졌다. 날 눈치 챘는지 녀석이 돌아보았을 때 나도 모르게 찔끔했다. 끝을 알 수

없는 어두운 눈빛 때문이다. 핏발 선 눈에는 울분과 증오와 슬픔과 복수심 같은 것들이 뒤엉킨 듯 일렁거렸다.

그 뒤로 반 애들 누구도 그놈한테 아는 체를 하지 않았다. 나처럼 나홀로족을 고수하는 녀석 때문에 내 마음은 자꾸 기울어졌다. 아무리 보아도 완수 형과 똑같은 모습을 볼 때마다 운명이라는 말까지 떠올랐다.

"처음엔 흑문도령, 그 담엔 라미 씨 애인, 이번엔 저 녀석……. 나더러 완수 형을 돕듯 저 애를 도우라는 건가? 완수 형 친구는 떠나 버렸다던데, 나는 언제나 곁에 남아 있으라고?"

핏발이 서 있고 불안하게 흔들리는 녀석의 눈을 볼 때면 작년 내 모습이 생각났다. 그래도 난 머뭇거렸다. 무엇을 어떻게 해야 할지 판단이 서질 않았다.

그 앨 내게 보낸 신이 아무래도 다리를 놓아야겠다고 작정했나 보다. 직접 맞닥뜨리는 일이 생겼다. 학교 끝나고 돌아올 때였다. 골목길을 돌고 돌아 초등학교 후문을 지나는 그 길을 나는 아직도 가끔 이용한다.

뒷산 들머리 은행나무를 지나칠 때 울음소리를 들었다. 갓난아기 같기도 하고, 어린 짐승 소리 같기도 했다. 가냘프고 날카롭고 신경을 자극하는 소리가 규칙적으로 들려왔다. 소리를 따라 올라가는데 울음소리가 뚝 그쳤다. 섬뜩한 생각이 들었다. 가슴이 불안하게 뛰었다.

이번엔 누군가 맞는 소리. 징징거리고 우는 소리들…….

한동안 공사를 하는 것 같더니 아카시아를 다 뽑아낸 산기슭 언덕 주변은 놀이터처럼 바뀌어 있었다. 이곳에서 학생들 폭력 사건이 잘 일어난다고 주민들이 구청에 민원을 넣었다고 했다. 철봉이며 시소가 박힌 모래밭 한쪽에 초등학생으로 보이는 아이들 셋이 무릎 꿇고 있었고, 돌아가며 그 애들 뺨을 때리는 중학생이 있었다. 눈에 익은 교복, 아니 모습 전체가 낯익었다. 녀석이었다.

나는 신이 짜 놓은 각본에 감쪽같이 걸려들었다. 시위를 떠난 화살처럼 달려가 번쩍 치켜든 그 애의 손을 탁 잡았다. 놈이 얼굴을 일그러뜨렸다.

"이거 놔!"

"무슨 일인지 모르지만 동생 같은 애들이잖아."

말하곤 나도 놀랐다. 그러나 내친걸음이었다.

"말로 타이르지 그래."

"참견 말고 가라, 응?"

"애들을 보내 주면 갈게."

"우이 쌍! 이놈들이 고양이를 묻어 놓고 돌멩이를 던지고 있었다고!"

"니야옹!"

동조라도 하듯 가냘픈 고양이 울음소리가 들렸다. 그제야 철봉 바로 밑 모래밭에 파묻힌 고양이가 보였다. 모래 위로 나온 앙증맞은 얼굴이 두 손 안에 고스란히 들어올 만치 조그만 새끼 고양이였다.

"고양이가 골대냐? 저 고양이는 살아 있다고! 살아 있는 동물은 장난감이 아니라고!"

금방이라도 눈물 흐를 듯 촉촉한 고양이 눈을 보니까 가슴이 부들부들 떨렸다. 하마터면 녀석의 팔목을 놓아 버릴 뻔했다. 그래도 다행히 덩어리의 낌새는 느껴지지 않았다.

"그래. 네 말이 맞아. 살아 있는 동물은 장난감이 아니지. 하지만 네가 이런 식으로 애들을 혼내는 것도 잘하는 짓은 아닐걸."

"이런 놈들은 세상의 독이야!"

흠칫했다. 이 말이 이토록 낯설고 섬뜩하게 들리다니. 나는 침을 꿀꺽 넘겼다.

"애들, 혼날 만큼 난 거 같은데 그만 보내 주자. 넌 나랑 얘기 좀 하지 않을래?"

그리곤 틈을 주지 않고 소리쳤다.

"애들아. 저 고양이 풀어 주고 빨리 가. 얼른!"

"안 돼!"

나는 녀석을 온몸으로 막았다. 아이들이 슬금슬금 눈치 보며 일어나더니 달아나 버렸다.

"다 도망가 버렸잖아. 씨바!"

녀석이 날 치면 묵묵히 맞으리라 생각하며 고양이를 파냈다. 갈색과 검은색이 골고루 섞인 짧은 털은 모래투성이였다. 살살 털어 주는

데도 고양이는 바들바들 떨었다. 세게 쥐면 부스러질 듯 작은 몸, 가늘고 하얀 수염에서도 모래가 우수수 떨어졌다. 내가 일어서자 고양이는 힘겹게 인사라도 하듯 낑낑거리더니 절룩절룩 숲 속으로 사라졌다. 갈수록 늘어나 골치라는 도둑고양이 새끼일 거다.

"안 그래도 네가 날 힐끔거리는 거 알고 있어."

녀석이 체념한 듯 말했다. 마주보고 서니 키가 나보다 한 뼘은 컸다.

"너 무지 크다. 땅 넓은 줄 모르고 하늘 높은 줄만 아는가 보네."

"용건이나 말해."

그 앤 퉁명스럽게 내 우스갯소리를 잘라 버렸다.

"저기, 꼭 그런 방법밖에 없을까? 때리고 혼낸다고 달라질까?"

그 애 입가에 냉소가 스쳐갔다.

"아직 어리잖아. 너그럽게 타일러서……."

"더럽게 고상하네. 그럼 저런 놈들을 그냥 놔두라고? 사람 손 탄 새끼 고양이는 어미한테 버림받는다는 것도 모르냐?"

녀석이 소리를 버럭 질렀다. 그 애를 가만 바라보다 나지막하게 말했다.

"네 말대로 그동안 널 지켜봤어. 혹시 너한테도 누군가 찾아올지 모른다 싶어서. 아니면 벌써 왔는지도."

그 애가 눈을 치떴다. 무슨 말이냐고 묻는 것처럼 보였다.

"……나한테도 그게 찾아왔고 그때부터 내 안에는 엄청난 힘이 생겨났지. 한동안 그 마력에 취해 휘둘렸고. 그런데 이젠 알았어. 그 마력을 다스리고 이겨낼 수 있는 건 결국 나 자신이라는 거. 내 자유의

지라는 거.”
"도대체 뭔 소린지. 그래서? 네가 말하고 싶은 게 뭔데?”
"그러니까 내가 말하고 싶은 건……, 나도 겪어 봤는데 폭력은…… 때리고 부수고 괴롭히는 걸로는 아무 해결도 되지 않더라는 거지. 그러니까 네 기를…… 분노나 파괴로 치닫는 네 에너지를 네가 잘 다스렸으면 해서…….”

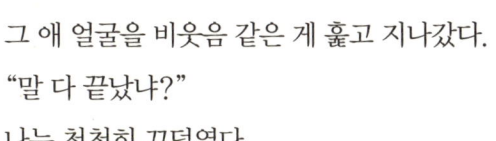

그 애 얼굴을 비웃음 같은 게 훑고 지나갔다.
"말 다 끝났냐?”
나는 천천히 끄덕였다.
"어쨌든 고맙다고 해 두지. 나한테 뭔 얘기든 진지하게 한 건 네가 처음이니까. 같잖은 소리지만 새겨 둘게.”
녀석이 돌아서 휘적휘적 걸어갔다. 영 께름칙했다. 하고 싶은 말을 다 못했을 때의 찝찝함. 나는 감정을 제대로 말하는 일에 아직도 영 서툴다. 그러나 지금 말하지 않으면 늦을 지도 모른다. 숨을 한껏 들이쉬고는 저만치 멀어진 뒤통수에 대고 소리 질렀다.
"그리고 한 가지 더! 나랑 너는 친구가 될 거 같아! 아주 친한 친구!”

녀석이 발을 멈췄다. 한동안 서 있기에 돌아서지 않을까 싶었는데 그대로 가 버렸다.

산을 내려오는데 기묘한 느낌이 들었다. 어깨 쪽에서 스르르 힘이 빠지는 것 같았다. 한쪽 어깨에 걸친 가방 무게가 느껴지질 않았다. 가방을 내리고 지퍼를 열어 보았다.

없다!

검은 수첩 있던 곳이 텅 비어 있었다.

주변을 둘러보았다. 바람도 멈춘 듯 고요한 숲길에는 개미 그림자 하나 볼 수 없었다. 길게 웃자란 풀들만 조용히 서걱거렸다. 낯익은 풍경. 뒤로는 아카시아 언덕 있던 곳이고, 저 앞 은행나무 선 곳은 장승 있던 자리……. 그리고 이 풀밭은…….

검은 수첩을 주웠던 그 자리였다. 3년 전 이곳에서 날 부르던 검은 수첩. 새까만 표지에서 내쏘는 환한 빛을 언뜻 본 것 같았다. 눈이 부셨다. 문득 지금이 현실이 아닌 듯한 착각이 몰려왔다.

"이건 길고 긴 꿈이 아닐까? 밤새 미로를 헤매 다니던 꿈처럼. 눈을 뜨면 나는 내 방에서 자고 있었던 게 아닐까?"

긴 한숨을 내쉬었다. 지금껏 살아오면서 쉰 것 중 가장 클 것 같은 한숨.

금 간 벽 틈으로 새는 한 가닥 물줄기처럼, 가슴속 어딘가 작은 틈이 뚫려 무언가 새 나가는 느낌이 들었다. 꼬이고 막혔던 부분이 툭 트이고 따뜻한 물결이 새삼 밀려들었다. 이번엔 가벼운 호흡을 여러 번 했다. 숨죽인 바람도, 흔들림을 잠시 멈춘 나뭇잎들도 다 나만 주

시하는 것 같았다.

날기를 멈췄던 새 한 마리가 날아오르고, 바람이 다시 불었다. 싱그러운 향내가 풍겨 왔다. 살아 있는 나무들이 뿜어내는 짙은 향기. 작년에 잎을 죄다 떨어뜨렸던 나무들은 봄에 새잎을 내놓고 그 잎들이 벌써 저렇게 자랐다. 서쪽 하늘로 해가 지고 있다. 저녁 햇살이 초록 은행잎들 사이로 투명하게 흔들린다. 하늘의 노을이 아름답다. 내가 좋아하는 저물녘. 하늘이 타는 듯 붉은 노을.

나는 로맨틱이니 뭐니 폼 재는 말은 좋아하지 않지만 아름다운 건 사랑한다. 특히 저런 아름다움 앞에서는 꼼짝 못하겠다. 내 온몸을 내던지고 싶어진다. 춤에 빠지듯. 내 몸속 에너지 한 조각 한 조각을 다 쏟아 춤을 추듯.

격렬하게, 세상과 부딪치듯 춤추고 나면 생기―생성의 기―가 온몸을 채우는 충만감이 찾아온다. 춤을 사랑하고부터 분노, 파괴의 기 반대편에 있는 '생성의 기'를 알게 됐다. 생성의 기가 살아 꿈틀대며 내게 에너지를 공급할 때면 머리끝부터 발끝까지 온몸의 세포가 일제히 눈을 뜬다. 아찔한 현기증. 그것도 춤이 가르쳐 준 아름다움이다.

어쩌면 아버지도 한순간 그 여자만의 아름다움에 빠졌던 건 아닐까? 아름다움은 거대한 파도처럼 사람을 꼼짝 못하게 하니까. 그래서 마법에 걸린 듯 빠져나올 수 없었는지도.

어쨌거나 그건 아버지의 문제일 뿐 나랑은 상관없다. 아예 모른 체할 수는 없겠지만 어떻게 받아들일지는 내 맘이다. 라미 씨 애인 말처럼 인생에는 똑바로 가는 길만 있는 게 아니라 샛길도 있고, 돌아가는 길도 있다니까. 어느 길이든 다 아름다울 수 있는 거니까. 그리고 내겐 아버지보다 같이 사는 엄마가 중요하다. 난 엄마가 씩씩하게 홀로서기를 노력하는 모습이 보기 좋다. 엄마가 자신을 먼저 돌볼 줄 아는 사람이 된 것도 좋다.

심한 고통을 겪었는데 그걸 다리 삼아 삶의 강을 다시 건너가는 엄마 모습이 나는 아름답다. 나도 엄마처럼 자유의지로 내 삶의 강을 꿋꿋하게 건너가고 싶다. 앞에 가 버린 저 녀석도 그랬으면 좋겠다.

나는 하늘을 바라보며 소리 질렀다.

"흑문도령! 너 잘 지내니?"

허공에서 대답 소리가 들린다.

"그러엄! 너도 잘하고 있는 거 같구나."

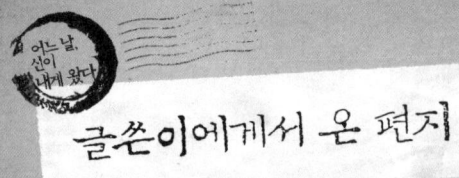

글쓴이에게서 온 편지

　네 이야기를 들었어.
　이혼한 부모는 각기 따로 살고, 너는 할머니와 함께 지낸다지.
　책도 꽤 읽고 글도 곧잘 쓰고 자기 생각도 분명하게 말할 줄 아는 당찬 아이라고.
　그런데 가슴속에서 곧잘 불덩이가 치밀어 오르고, 그걸 다스리지 못해 주먹질이 잦고, 주머니칼까지 지니고 다닌다면서?
　처음 얘기 들은 날부터 네가 내 마음속에서 떠나질 않더구나.
　거슬린다 싶으면 물불 안 가리고, 부당하다 느끼면 상대가 아저씨건 할아버지건 칼로 위협까지 하며 따지고, 옳고 그름은 어떤 식으로든 가려 내겠다는 당위에 목숨 거는 걸 보면 어쩌면 너 자신을 '선택받은 아이'쯤으로 여기는 건 아닐까 싶은 생각이 들었지.
　게다가 중학교 2학년. 우리 아들과 같은 나이.
　열다섯 살 그 나이를 나는 감히 '질풍노도의 시기'라 말하고 싶구나. 두 머슴애를 키워 본 엄마의 눈에, 특히 남자 아이들한테는 자기와 세계와의 갈등, 자기 내면, 무의식과의 충돌이 가장 잦은 나이로 비쳐지거든.

  세상이 삐딱하게만 보이고, 가슴속에서 불덩이가 자주 치솟고, 다 깨부수고 싶고, 다 쓸어버리고 싶고, 위선으로 가득해 보이는 어른들을 모조리 깔아뭉개고 싶은 격정에 휩싸이기도 하고 말이야.

  그렇게 감정의 굴곡을 겪으며 부서지기도 하고, 껍질을 벗기도 하고, 새로운 자아를 찾아가기도 하는 나이가 열다섯 살, 바로 중학교 2~3학년들이 아닐까 싶다. 그래서인지 네 또래 소년들을 볼 때면 왠지 안타깝고 짠한 마음이 앞설 때가 많더구나.

  삶의 거친 파도 한복판을 온몸으로 헤쳐 가는 네게 말하고 싶었단다.

  아무리 정의라는 이름을 갖다 붙여도 폭력은 폭력일 뿐 아닐까? 폭력에는 선도 악도 없는 거라고 나는 생각해. 정당한 대응이나 싸움 따위와도 전혀 다르고 말이야.

  하지만 마음뿐, 대놓고 말한다 해서 네가 새겨들을 리도 없을 테고, 먼발치에서 얼굴 몇 번 스쳤을 뿐인 아줌마의 주제넘은 참견 아닐까 하는 염려만 앞세우고 있었지.

그러던 어느 날 지노귀굿을 보았어. 죽은 사람의 넋을 위로하고 좋은 세상으로 인도하려고 하는 굿이야.

무녀의 몸속에 차례차례 깃들었던 신들이 나가고 난 뒤 마지막으로 망자가 들어왔어. 무녀의 입을 빌려 살아생전 일이며 자손들에게 당부하고 싶은 이야기를 줄줄 늘어놓는데 망자와 아무 관계없는 나도 눈물이 났어.

문득 이런 생각이 들더구나.

어쩌면 네게도 누군가 들어온 건 아니었을까? 어떤 신성한 존재가 네 안에 깃들어 네 기를 틀어쥐고 무의식을 점령해 갔던 건 아니었을까? 그래서 네가 원하지 않을 때마저도 그 존재의 명령에 따를 수밖에 없었던 것은 아닐까?

묵은 숙제처럼 가슴속에 품고만 있던 생각이 실타래 풀리듯 그때서야 풀려나가기 시작했어.

네 영혼에, 무의식에 호소해야 한다는 걸 직감으로 알아차렸지.

적절한 방식은 신화의 코드가 될 수 있겠구나 싶었어. 신과의 영적인 소통이야말로 자기 내면, 무의식을 더듬는 지름길이니까. 신들과의 만남을 통해 자신의 마음속 깊은 곳을 들여다볼 수 있는 성찰의 힘을 기를 수도 있을 테니까.

그래서 너한테 '신의 불'을 지르기로 한 거야. 신을 만나고 함께하고 떠나보낸 뒤에 자신만의 우주를 다시 세워, 세상과 새로이 만날 수 있을 거라 여겼던 거지.

그러나 얼마쯤 용기가 필요했단다.

무협지나 판타지, 서양 신화들에만 익숙한 너나 네 동무들에게 우리 신들 이야기가 제대로 파고들 수 있을까? 너희들에게도 아직은 그리스 로마 신화 같은 서양 신화가 훨씬 가깝고, 우리 신화는 남의 것처럼 낯설게 여겨지는 게 현실이잖아.

그렇다고 물러설 순 없지.

우리 고유의 신들도 얼마나 멋진데. 무궁무진 많은 신들이 자기 자리에서 제각기 역할 맡아 꾸려 가는 우리 신들의 세상이 얼마나 다채로운데.

나는 우리 신화라는 신세계로 너와 네 동무들을 꼭 안내하고 싶었어.

게다가 우리 신이라면 단군, 해모수, 환웅, 고주몽들만 떠올리는 네 또래 소년들이 바리공주, 오늘이, 자청비, 너도령, 쇠도령들을 만나 봤으면 싶었어.

우리 민간 신화 속의 신들은 세상 만물 위에 군림하는 까마득히 높은 존재가 아니라 언제든 인간 세상으로 와서 누구하고도 친구가 될 수 있거든.

신들과의 만남을 통해 자기 자신을 다시금 돌아볼 수 있다면 상처 난 영혼 한구석까지도 아름답게 치유될 수 있으리라는 믿음도 함께 전해 주고 싶었지.

그래서 이야기 흐름의 한 줄기를 우리 신화에서 빌려 오는 모험을 감행한 거야. 빌려 온 이미지에 내 상상을 더해 형상화한 신들도 있어. 흑문도령이니 흑수문장은 순전히 내 바람만으로 등장한 명계의 문신들이란다.

　우리 신화 속 문신은 원래 '녹두생이'라는 이름을 가진 여산부인의 막내아들 몫이지만, 성격을 달리해 두 인물로 나누었어. 한 사람의 두 내면이라고 할까? 그래서 명계의 다른 모습이자 소년의 내면을 탐구해 가는 길 안내를 맡겼지.

　좀더 많은 신들을 모셔 오고 싶었지만 쉽지 않았어. 방대한 신들 세상 모습을 더 드러내고 싶은 욕심도 잘라 낼 수밖에 없었지. 이만큼도 너나 네 또래들에게는 낯설고, 우리 신들과의 만남이 삐거덕거릴지도 모른다는 이 아줌마의 소심증 때문이었을 거야.

　그나마도 마음은 앞서고 내공은 부족해 우리 신들을 욕되게나 하지 않았는지 겁이 나네. 진정한 자기 내면 더듬기에 작은 길 하나 열어 주려던 시도로만 남을까 봐 그것도 두렵고.

　그래도 너와 네 동무들이 재미있게 읽어준다면, 다음번에는 우리 신들이 자유자재로 노닐고 너희와 소통하는 멋진 판타지를 제대로 써 달라는 부탁이라도 해 온다면, 이 걱정이 조금은 줄어들려나?

 이야기가 책으로 만들어지기 전에 원고를 읽어 준 어떤 사람이 주인공의 이름이 왜 없느냐고 묻더라. 나는 그냥 웃고 말았지.
 한순간 삶의 균형 감각을 잃고 헤매다가도, 다시금 비약해 자신의 정체성을 찾아가는 모든 청소년들이 주인공이라는 걸 너와 네 동무들은 당연히 눈치 챌 것이라 믿으니까.

— 새해 첫 달 흰 눈이 인간 세상을 덮은 날
백승남

어느 날, 신이 내게 왔다

초판 1쇄 발행 2007년 2월 15일   **초판 29쇄 발행** 2022년 5월 11일

지은이 백승남
펴낸이 이승현

편집2 본부장 박태근
지적인 독자 팀장 송두나
기획 강영희

펴낸곳 ㈜위즈덤하우스   **출판등록** 2000년 5월 23일 제13-1071호
주소 서울특별시 마포구 양화로 19 합정오피스빌딩 17층
전화 02) 2179-5600   **홈페이지** www.wisdomhouse.co.kr

ⓒ 백승남, 2007
ISBN 978-89-5913-199-0   03810

- 이 책의 전부 또는 일부 내용을 재사용하려면 반드시 사전에 저작권자와
  ㈜위즈덤하우스의 동의를 받아야 합니다.
- 인쇄·제작 및 유통상의 파본 도서는 구입하신 서점에서 바꿔드립니다.
- 책값은 뒤표지에 있습니다.